帝都はいから婚物語

女学生は華族の御曹司に求愛されています

来栖千依

ポプラ文庫ピュアフル

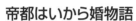

帝都はいから婚物語

女学生は華族の御曹司に求愛されています

来栖千依

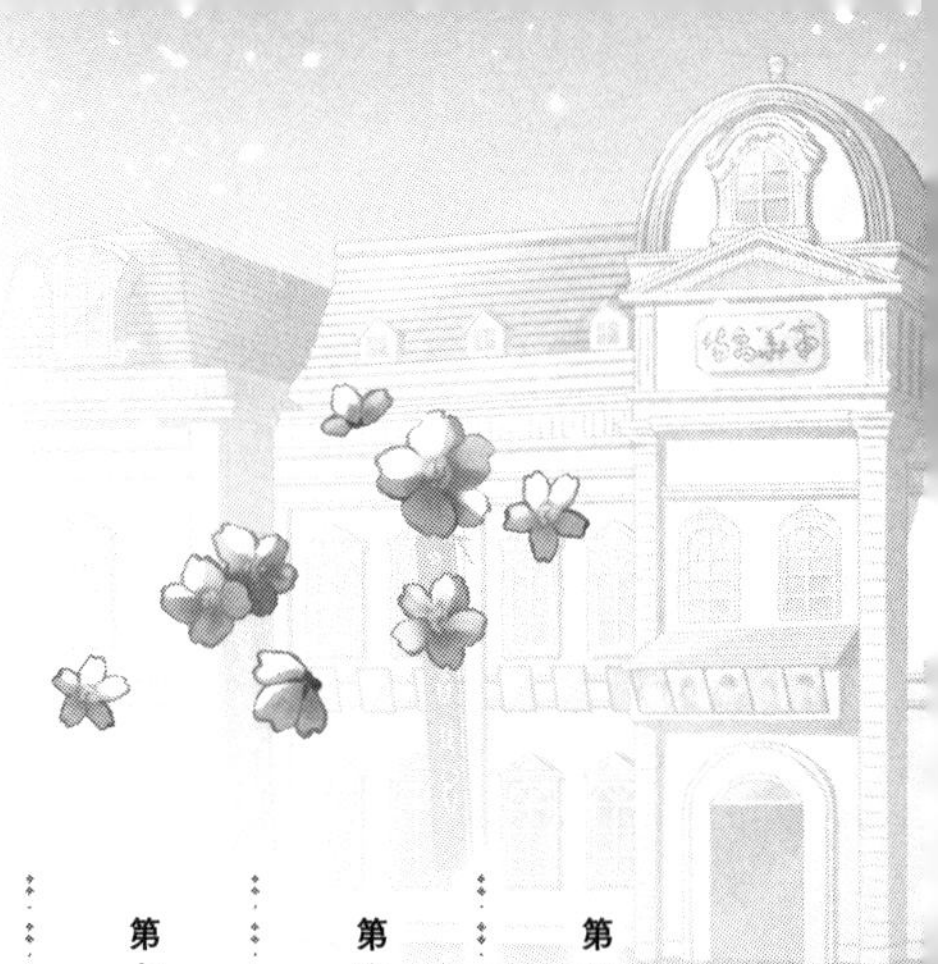

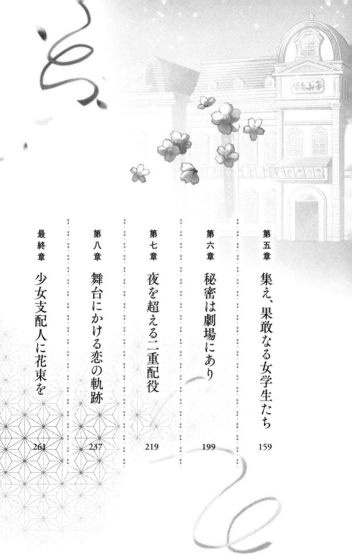

第一章

女学生支配人、誕生す

時は大正、日は良好。

麗らかな陽の光を受けるのは、春真っ盛りの荒川《あらかわ》近くに立つ木造りの校舎。その青々とした垣根の内側で、桔梗や牡丹の花々が揺れるように見え隠れしていた。

よくよく見ればそれらは着物の染め柄で、花薫る風に吹かれるのは艶《つや》めく黒髪。耳を澄ませば、風鈴売りの行商を思わせる涼やかな笑い声が響く。

ここは白椿《しろつばき》女学校。

袴姿のあどけない少女たちが通う、慎ましくも穏やかな学舎である。

人もまばらな昼休みの教室で、机に前のめりになった少女——萩原杏《はぎわらあん》は、髪の上半分をまとめて結ったリボンを弾ませた。

「あれは一見の価値ありですわよ。想像してくださいな。美しい貴公子と可憐な令嬢のうっとりするような接吻を！」

いきなり接吻などと言い出すものだから、親友の多喜咲子《たきさきこ》は、お弁当の玉子焼きを持ち上げたまま目を丸くする。

「杏ったら。興奮しすぎじゃなくて。口元にお米をくっつけていてよ？」

「あら。わたくしったら。感動を思い出してしまって、つい……」

杏が慌ててご飯粒を取ると、咲子はほんのりと微笑んだ。

「あちらこちらの舞台に目を通しているあなたが一目で夢中になるなんて、とても魅力があるのね。その帝華歌劇団《ていかかげきだん》というのは」

「演目は歌劇でしたけれど、帝国劇場《ていこくげきじょう》でかかるオペラよりも分かりやすくて、華やかで、時間が経つのがあっという間でしたわ」

杏が帝華歌劇団を見たのは、まったく予期しない巡り合わせによるものだった。授業で使う筆を新調するため街に出た折、少しだけ寄り道しようと回った裏道の小さな公会堂に『新作公演中』の看板がかかっていたのだ。

公演切符《チケット》代を払って古びた席に潜りこむと、すぐに幕が上がった。繰り広げられたのは、色とりどりの花が開くような歌劇だ。

観客はわずか十人しかおらず、妙齢の女性や杏と同年代の少女の姿が目立っていた。それもそのはず、舞台に上がるのは、どれも見目麗しい少年少女ばかりだったのだ。

まだ小学生だった頃に両親と帝国劇場で観た『カバレリア・ルスチカナ』で歌劇に目覚め、百貨店の客寄せのために作られた白木屋《しらきや》少女音楽隊や浅草《あさくさ》六区で旗揚げされた小劇団に足を運ぶ杏ですら、こんな舞台は見たことがなかった。

「みんながあれを見たら、活動写真や歌舞伎に押されて伸び悩む西洋歌劇も人気が出るのではないかしら。団員のなかに、特に目を引く光源氏《ひかるげんじ》のような青年がいて……。トップスターと呼ばれていたわ。お名前は神坂《かみさか》真琴《まこと》様と言いますの」

団長として最後の挨拶をした彼の、きりりと引き締まった表情と少し幼さのある声は、まだまだ子どもと叱られてばかりの杏の乙女心を刺激した。

「わたくし、あんなに美しい方は物語のなかにしかいないと思っていました。まばたきの音が聞こえそうな長い睫毛と黒曜石のような瞳を思い出すだけで胸が高鳴りますわ。あの方にお会いするためだけに劇場に通いたいぐらい」

「その話、私たちにも聞かせてくださいな」

「トップスターとはなんて洒落た言い回しかしらん」

杏の話に興味を引かれて、別の机で話し込んでいた同級生も集まり出した。

女学生が男性の話をしていると「はしたない」と咎められるが、女学校に通学する年代は特に異性への憧れが強いお年頃である。

絵に描いたように美しい男性ともなれば、又聞きでも知りたいと思うのは当然だ。

彼女たちの内の何人かは、現実の男性についてよく知らないがゆえに、見目麗しく雄々しい上級生に溺れてエスの関係になっている。

しかし杏は、女学生同士の親密な擬似姉妹ごっこよりも歌劇の方が好きだった。

そんな時に、憧れを具現化したような男性を観たのである。

一目で恋に落ちたのも道理と言えよう。

「杏はいつでも楽しそうね。うらやましいわ」

感極まる杏とは対照的に、咲子は重い息を吐きながら空になった弁当箱を包み直す。

「そんなに素敵なら、俊信《としのぶ》様にお話ししてみようかしら。少しでも興味を持ってくださるといいけれど。彼ったら、帝劇でかかったオッフェンバックを見るのも面倒くさそうだったのよ。あんなに評判になったのに、興味がない、腰が重いなどとおっしゃって……」

咲子が嘆くのは、芸術に無頓着な婚約者のことだ。

大学の法学部を卒業して銀行員になった二十八歳で、良くいえば堅実、悪くいえば遊び心がない。でも悪い人じゃないのよ、と咲子は評する。

彼のことを話す時、彼女はとても大人びた表情になる。

それが、まだ恋も知らず、縁談の影もない杏には眩しかった。

「咲子様、そんなに悲嘆なさることはないわ。婚約者殿に断られたら、わたくしと一緒に劇場へ参りましょう。帝劇でかかる小難しい演劇なんて、すぐに廃れてしまうに違いないわ。これからはハイカラな歌劇団の時代が来るのよ！」

杏が力強く言い切ったので、咲子は片眉を下げて笑った。

「あらあら。杏が言うとほんとうにそうなる気がするわ」

教室の扉が開いて、庇髪《ひさしがみ》の女性教諭が顔を覗かせた。

「声が廊下まで聞こえていますよ。もっと慎みを持ちなさい。特に萩原杏さんっ」

「はいっ、申し訳ございません」

杏が飛び上がると、教諭は分厚い鏡面《レンズ》のはまった眼鏡を中指で上げた。

「よろしい。静かに理事長室へおいでなさい。理事長……あなたのお父上がお呼びです」

「お父様が？　どんなご用かしら？」

見当もつかない杏の背を押して、咲子は母親のような口調で言った。

「いってらっしゃい、杏。廊下を走っては駄目よ」

「婚約ですの？　縁談でもお見合いでもなくって？」

呼び出された理事長室で杏は困惑した。

父は、理事長の札が立った飴色の机でこくこくと頷いている。

「そう。なんと急に話がまとまったのだよ」

「急にって、今が何月かご存じ？」

桜の花も満開の四月の良き日。

良縁を受けるには最高のお日柄だが――。

「まさか進級したばかりで、女学校を中退しろなんておっしゃらないでしょう？」

十五歳の杏は、この春から高等女学校の三年生になったばかりだ。女学校は四年制が基本で、入学した時にもよるが生徒は十二歳から十七歳くらいの年齢である。

伸ばした栗色の髪が腰に届き、葡萄茶袴《えびちゃばかま》に深靴《ブーツ》を合わせた着こなしや紐で縛った教本の重みに慣れて、ようやく女学生としての誇りを持てたところだというのに。

父は、悪びれもせずに残酷なことを言う。

「相手方の意向によっては中退ということもありえるね。しかし、これは教養からの逃亡ではなく名誉の棄権だよ。杏、よく考えてごらんなさい。お前のような少女たちが、あどけない額を寄せあって、お裁縫にお行儀にと学んでいるのは何のためだい？」

「良き妻、良き母になるためですわ……」

答えながらも杏は釈然としなかった。

咲子の相手のように卒業まで待ってくれる男性もいるが、婚約した相手方に請われて教育課程の半ばで学舎を去る少女もいる。

女学校とは、良妻賢母となるための教育を受ける場なのだ。娘を思う親からすれば、良縁を優先して勉学をやめさせるのは真っ当な選択だといえる。

「けれど、お父様。わたくしはそんな枠に収まる大人にはなりません」

時は大正。

文明開化で雪崩れこんだ西洋式は、今や婦女子の生き方までも変えようとしている。

明治四十四年に平塚《ひらつか》らいてうが文芸誌『青鞜《せいとう》』で、日陰で生きることを強いられていた女性の解放を『元始、女性は実に太陽であった』という名文で訴え、与謝野晶子《よさのあきこ》が男尊女卑の時代が終わる予感を『山の動く日来たる』と詠ってから、およそ五年が経つ。

新しい女という自立した女性像は、杏のなかにも新しい価値観として芽生えつつあった。

「わたくしは、男性に養ってもらわなくても生きてゆける女性になるつもりです。男性がするような管理職に就いて経験を重ね、やがてはお父様のように、この白椿女学校の理事長になりたいと思っております」

「なんだって？　女性が管理職になぞ就ける訳がないだろう。考え直しなさい、杏」

父が目に見えて慌てる。

女性の仕事といえば電話交換手や教師、事務員といった少数しか選択肢がない時代。それも結婚までの繋ぎとして就くものだから当然の反応だ。

しかし、杏も杏とて反対されてあっさり諦めるような少女ではなかった。

「無理だと決めつけないでくださいませ。お父様こそ、生徒の進路について多様性を認める時期にあるのではなくて？　学舎である女学校が、いつまで〝いいお嫁さん養成所〟に甘んじているおつもりですの！」

大見得を切る勢いで両手を机につくと、父が「ひいっ」と悲鳴を上げた。

「だ、だからって、いつまでも独り身ではいられないだろう！」

「独り身で人生を終えると言っているのではありません。わたくしは、自分の結婚相手を自分で見つけます。だから、縁談なんて重苦しいものはさっさとお断りくださいませ」

「それは無理だ！」

父は、理事長としての威厳をどこかにやって、傍らにあった大きな壺に飛びついた。

細首の見事な備前焼で大人の腰ほどの高さがある。

かなり目立つそれは、杏が一昨日、掃除に来た時にはなかった代物だ。

「その壺、見慣れませんけれど、どうなさったんですか？」

杏がじいっと睨むと、父はぎくりと肩を上げた。

「こ、これは元からここにあったものだよ。そうさ、ずっと昔からあった！」

「騙されなくてよ。これでも記憶力はいいのですからね。まさか、また骨董品ですの？」

杏の父は骨董蒐集家だ。古くて貴重な物と聞くと、古書でも焼き物でも手を出さずにいられない。人間が陥る、凝り性という名の病にかかっているのである。

このせいで萩原家には出自の曖昧な、それでいて高額な品物が陳列されていた。

「そうだ、たしかに骨董品だ。でも、今回はとてもいい品で――」

「購入品の価値は関係ありません。前に雪舟《せっしゅう》だか無節操だかが書いたといって、何の値打ちもない狸の掛け軸を摑まされた時に約束しましたわよね。もう何があろうと、決して骨董には手を出さないと」

杏がこんなに怒るのは、萩原家の財布の紐を握っているからだ。

母はもうこの世にいない。杏が尋常小学校を卒業した春に病気で儚くなった。

今際の際の一言は「お父様に家計をまかせてはいけません」だった。父の過剰な骨董愛を知っていたからだ。

それからは杏が、父の給料を預かって家計をやりくりしている。

父は理事長職に見合うような高給は取らずに教師たちへ分配しているので、慎ましい生活を送らねばならないというのに。

「娘との約束を破るなんて。きっとお母様も天国でかんかんに怒ってらっしゃるわ」

杏が頭から角でも出しそうな剣幕で言うと、父は眉をハの字に下げた。

「すまない。骨董屋のご主人に、今買っておかないと二度と手に入らないと言われて、つい」

「つい、で済むのなら借金取りはおりませんわ。今回はいくらでしたの」

「三千圓《えん》です……」

「三千!?」

あまりの高額に、思わず声が裏返った。

一般家庭の年収が三百圓に届かない時代である。

この壺一つで、家が一軒はゆうに建つような値段だ。

「萩原家にそんなお金はありませんわよ。どうやって払うおつもりですの?」

「心配せずとも借金取りは来ないよ。骨董屋で出会った骨董好きの紳士が、金額を聞いて諦めようとするお父様に、購入代金を立て替えましょうと申し出てくれてね」

「見ず知らずの紳士が立て替えですって?」

いかにも怪しい。

杏なら裏があるのではないかと疑うが、純真無垢な父は信じこんでしまったらしい。その時の感動を思い出して、目尻に浮かんだ涙をハンケチで押さえる。

「素晴らしい方だったよ。彼は西洋骨董《アンティーク》がご専門らしいが、同じ骨董好きとして見過ごせないとおっしゃってね。お父様は感激してしまって、自分が白椿女学校の理事長を務めていることと、しっかりした一人娘に家計を握られているので、返済は少し時間をいただくかもしれないことをお話しした」

「そんな世間話で、その紳士はこちらを信用してくださったと言うの?」

「そう。さらに話が弾んで、こう申し出てくださったんだ。『うちにも年頃の男子がいるが堅物で困っている。よろしければ、しっかりした娘さんと引き合わせてみませんか。上手くいけば親類のよしみで借金はなかったことに』と――」

「よりによって、娘のわたくしをお売りになったんですの!?」

青天の霹靂だった。

江戸が舞台の世話物歌舞伎ならいざ知らず、この大正に、どこにそんな価値があるのか分からない壺と自分が引き換えにされるなんて。

驚きで目を丸くしていると、父はやたら懸命に首を振る。

「売るなんて人聞きの悪いことを言わないでくれ。良い縁談には違いないんだ。だって、その紳士は貿易王の神楽坂《かぐらざか》子爵なんだから！」

「お華族様なのですか……」

華族とは、明治維新後にはじまった日本独自の貴族制度だ。公家など古くから続く血族や御一新の際に武勲をあげた大名など、高貴な身分を与えられた一族をこう呼ぶ。

萩原家は教育に熱心な家風だが平民なので、本来は華族から縁談が持ちこまれるような立場にはない。

父が急な縁談を、これ幸いと持ちあげるのも無理はなかった。

「相手は、華族でありながら軍に所属する青年だそうだよ。これからの国を支える一角の人物になるに違いない。愛娘を嫁がせるのに、こんなに良い条件はないはずだ」

そう言いつつ、父は壺を放さない。

つまり、骨董も縁談も手放さないつもりなのだ。

「これでは、わたくしに選択肢などないではありませんか……」

この縁談を受け入れなければ、萩原家には莫大な借金が一度に降りかかる。

父だけが不幸になるなら自業自得だが、理事長が借金をこしらえて破産したら、白椿女学校にも悪い噂が立つに決まっている。

杏の脳裏に、咲子をはじめとした級友や先輩後輩の姿が浮かんだ。

共に学び、励まし合い、喜びを分かち合ってきた少女たちは社会的に弱い。彼女たちの経歴に傷をつけてはいけない。若い内の傷は女性の一生に関わるのだから。

揺れる気持ちを後押しするように、父が語りかけてくる。

「お父様はお前の幸せを一番に思っているよ。神楽坂子爵からの縁談を受けなさい」

家長の命は絶対だ。

杏がどんなに自由主義を掲げていようとも、女性では貫けない常識がある。

「……分かりました。けれど、わたくしが縁談を受け入れるのは、借金に屈したからではありません。この白椿女学校を愛しているからですわ」

強気なふりで答えると、父は安堵した顔で壺から体を離したのだった。

週末の午後、杏は帝都《ていと》ホテルの廊下をしずしずと歩いていた。

木格子の窓から斜めに差す陽光が、振袖の赤をいっそう鮮やかに見せている。

縁起物の鶴が織られた帯は母から受け継いだものだ。梳いた髪をまとめて花櫛を飾り、口元には紅を差している。

普段と比べて垢抜けた着こなしなのは、事情を知った咲子の母君が、一人で支度は大変だろうとお手伝いさんを寄こしてくれたおかげだ。

日常のお転婆を脱ぎ捨てた杏は、どこから見ても良家のご令嬢だった。

「だけど、こんなの、わたくしらしくないわ……」

杏がまとわされているのは、大口を開けて笑うと崩れてしまうような美だ。

これから面会する軍人も、こんな風に大人しいだけの女性像を求める人なのだろうか。

そうだったら、杏は、もう自分らしく笑うことは出来ないかもしれない。

暗い未来を想像すると足が重くなった。辿っている赤絨毯《あかじゅうたん》が、地獄へ向かう荒れ道に見えてきて、自然と進む速度が遅くなる。

「お嬢様？　会場はこの奥ですが……」

蝶ネクタイを締めた案内係に呼ばれて、杏ははっと顔を上げた。

いつの間にか、顔合わせ場所となる喫茶部の入り口に着いていた。

このホテルに来るのは、春休みにあった帝都教育者会議なる集会に父に連れられて参加して以来だから、一カ月と経っていない。

それなのに、西洋式の彫刻にも絵画が飾られた廊下にも、天井から下がる飾り照明にも見覚えがなく、まるで見知らぬ土地で迷子になったような気分だった。

「もう案内は結構ですわ。ここまで、どうもありがとう」

杏は、ふくら雀の形に締めた帯が崩れないよう、慎重に一礼して案内を離れた。

橙色の明かりが温かみのある喫茶部には、ゆったりとしたピアノの生演奏が流れている。

客層は穏やかに談笑する大人が中心だが、通路に面した席では小さな女の子が駄々をこねて母親らしき女性を困らせていた。

(お好きなだけ泣きなさい。あなたは泣ける立場にあるんだし、慰めてくれる母親もいるのだから)

どちらも持たない杏は、まっすぐに通路を渡った。

最奥の一角を区切る衝立の前に、普段は樟脳箱にしまっている紋付き袴を身につけた父がいて、落ち着かない顔でうろうろしている。

「お父様」

「おお……杏。見違えたよ。ずいぶんと綺麗になって」

着飾ることになったのは他でもない父のせいなのだが、本音を吐きだす元気もなく、杏は目を潤ませる父から視線を外した。

「お礼なら咲子様のご母堂になさって。お相手はこの向こうにいらっしゃるの？」

「そうだが、少しばかり行き違いがあって……」

立ち止まっていると足がすくみそうで、父を押しのけて衝立の向こうに踏み入った。相手の姿が見えるか否かのところまで近づいて、九十度より深く頭を下げる。

「先日は父がご迷惑をかけまして申し訳ございません。萩原杏です」

すると、しばしの間を置いてクスリと笑むのが聞こえた。

「元気なお嬢さんだ。どうぞ顔を上げて」

艶っぽい声に促されて視線を上げると、褐色がかった髪をゆるくセットした男性が、ステンド硝子《グラス》の窓を背に一人で微笑んでいた。

品のいい毛織物《モヘア》の洋服に、幅広の襟締《スカーフネクタイ》を合わせた着こなしは、はるか遠い西洋の香りがする。

洗練された大人が醸しだす雰囲気に、杏はあっけに取られてしまった。

「あなたが……わたくしの夫となる方？」

そろりと問いかけるなり彼は俯いた。すくめた肩が小刻みに揺れるのを不思議に思っていると、顔を上げて堪えきれないといった風に笑い出す。

「はははっ、そんなに若く見えたかい？　残念ながら私は保護者の方。神楽坂子爵家当主の神楽坂空太郎《くうたろう》という者ですよ、お嬢さん。君の相手は少々遅れているのでしばらく私で我慢してもらえるかな？」

「遅刻されているのですか。わたくしは、てっきり――」

「こら、杏。私語は慎みなさい。申し訳ありません子爵。お転婆な娘でして」

「かまいませんよ。お嬢さんが、仲人もなしに婚約相手と面会させられると不安がっていたならば、謝罪しなくてはなりません。どうして私が相手だと思ったのかな？」

華族なだけあって、柔らかに問う空太郎にはどこか人の上に立つ者の気品がある。

杏は、今度は失礼のないように気を引き締めて答えた。

「謝罪は必要ありません。わたくしの推理が外れただけですもの。相手は子爵様のもとにいらっしゃる若者のはず。縁談がまとまったら親類のよしみで借金はなしという条件から言って、近親者であることは間違いありません」

杏の見立てでは、空太郎はせいぜい三十代前半。

一般的には結婚して子どもが二、三人いてもおかしくない年齢だが、華族らしく独身を謳歌している可能性も高いと踏んだ。

明治に行われた民法改正により、男性は十七歳、女性は十五歳になれば結婚出来る。

家同士の繋がりを重要視する華族の若君は、親に決められた許嫁と早くに結ばれる場合もあれば、三十近くになってから好みの令嬢を迎えることも少なくない。

女学校では、日頃から嫁探しをする紳士や名家のご夫人が授業参観するのは当たり前なので、杏もその辺りの事情には詳しい。

「神楽坂子爵は、三千圓もの大金をぽんと貸せる紳士と聞いていたので、初老くらいの品の良い男性を思い浮かべておりました。ですから、お若い空太郎様が子爵その人ではなくご令息だと思って、縁談相手と勘違いしてしまったのです。お許しくださいませ」

流暢な返事を聞いていた空太郎は、ほうと感心した。

「驚いたな。伺っていたよりも利発な娘さんのようだ。勘違いさせてすまないね。君を待たせている縁談相手は、私の弟だ。二十歳になったばかりだから、こんなおじさん相手だと落ち込まなくてもいい。暇つぶしに話でもしていようか」

「では、私はお相手を待っています」

父は衝立の前に戻った。

空太郎は近づく給仕を手で下がらせると、自ら立ち上がって椅子を引いた。

「立ち話ではあじけない。さあ、どうぞ」

「あ、ありがとう……ございます？」

素直に座ると、大きな手が肩に置かれた。

びくりとした杏は、息をつく間もなく慣れた手つきで顔を上げさせられる。白粉《おしろい》を刷いた頰に落ちてくる空太郎の視線は、無色透明でいて粘着質な熱を帯びていた。

「君は愛らしいね。シンにあげるのが勿体なくなってしまった」

「しん？」

「これから来る君の相手さ」

ちらり、と衝立の向こうに瞳をやった空太郎は身を屈めた。

垂れぎみの目が伏せられたのを間近に見て、杏はようやく気づく。

（接吻されそう……？）

動転する気持ちに反して、体は動かなかった。

下手に振り払ったりして子爵の機嫌を損ねたら、借金の肩代わりの話がなくなってしまうかもしれない。そうなれば、萩原家、ひいては白椿女学校の破滅だ。

けれど、こんな形で初めてを奪われるなんて不本意だった。

責任感と嫌悪感という相対する小波の上を、いつ沈むかも分からない泥船で揺られている気分だ。

どこにも助けを求められない。誰も味方にはなってくれない。

こんな時に思い浮かぶのは、歌劇団の貴公子、神坂真琴の神々しい姿だった――。

「何をやってる、馬鹿兄貴！」

怒気をはらんだ声と共に気配が離れた。

砂糖を煮詰めたような甘い香りに薄目を開けると、茶褐色《カーキ》の洋装の腕が、空太郎の肩を押しのけていた。

（え？）

腕の主を見た瞬間、杏の視界に花吹雪が舞った。

そこにいたのが、たった今、脳裏に描いた帝華歌劇団のトップスターだったからだ。

黒々とした目は意思が強そうで、鼻梁は高く、横一文字に引かれた唇はきりりとしていて、身の丈はすらりと長い。いかにも舞台映えしそうな容姿だ。

しかし、杏が舞台上で見た神坂真琴とは大きな違いがある。

彼が身に着けているのは、金の飾緒《かざりお》を垂らした陸軍の軍服なのだ。

立ち姿は堂々として、後ろで戸惑う父を霞ませた。

「遅かったじゃないか、シン。職業軍人というのは、よほど融通の利かない立場にあると見える」

空太郎に意地悪く笑われて、真琴ではなくシンと呼ばれた彼は苛立った。

「話をはぐらかすな。あんたの手の早さを叱っているところだ」

「入り口から急いで走ってくるお前を見たら、からかいたくなっただけさ」

「そのひねくれた性根では、いつか痛い目を見るぞ」

子爵に対するには敬意のない言葉遣いだった。

しかし、空太郎は怒るでもなく当たり前のように受け入れている。

旧知の仲というよりは、勝手知ったる家族のようだ。

「あの、あなたは？」

杏が声をかけると、軍人は空太郎から手を引いて姿勢を正した。

「兄が失礼した。俺は神楽坂真《しん》と言う」

「あなたが……！」

まさか、神坂真琴が子爵の弟で、この場に現れるとは思っていなかった。

天の悪戯としか思えない巡り合わせに杏が圧倒されていると、真は怪訝そうな顔をする。

「どうかされたか？」

何か言わなければ。

焦った杏は、すっくと立ち上がった勢いで想いを吐きだしていた。

「わたくし、あなたが好きですっ！」

「は？」

「ええっ！」

「おや」

真が静止し、父が驚き、空太郎が面白そうに微笑むなか、杏はぼんっと真っ赤になった。

「順序を間違えました！　ですが好きなのはほんとうです。実は先日、帝華歌劇団の舞台を拝見しましたの。とても素晴らしい舞台でしたわ。特に神坂真琴様には、恋に落ちそうなくらい魅了されました」

真は喜ぶ様子はなく、早口になる杏を冷ややかに見る。

「お前は、神坂真琴に好意を持っているのか？」

「はい」

杏は素直に答えた。

彼は憧れのトップスターだ。嫌いになる理由がない。

しかし、屈託のない笑顔を見せられた真は、親の仇にでも向き合っているかのように剣呑だった。

「そうか。悪いが人違いだ。俺は神坂真琴ではない」

「同じお顔つきなのに？」

「似ているだけだ。普段から、舞台に上がるような軟弱者と誤解されて迷惑している。ついでに明かせば、俺は女が嫌いだ。兄貴が話を持ってこなければ、誰とも結婚なんてするつもりはなかった。形式的に縁組みはするが、お前を愛すつもりはない」

「愛すつもりはないって……。わたくしたち結婚しますのよ。家族になるのですから、お互いを愛し慈しむ心は必要ですわ」

杏にとって、家というのは温かな空気で満たされている場所だ。

女学校で嫌なことがあっても帰り着けば安らげる。

その場所を作る家族というのは、お互いを想う気持ちが自然に湧き上がってくるような、愛に包まれた優しい関係だと思う。

だが、真がそう思っていないことは、杏を煙たがる態度からして明白だった。

「結婚に心なんか必要ない。お前は俺にとって、神楽坂の血筋を受け継ぐ子どもをもうける相手でしかない。子どもが産める健康な体を持つ女であれば誰だっていい」

「何てことを言うのですか、あなたはっ！」

頭にカッと血が上って、気づけば杏は怒声を浴びせていた。

子どもを産み、働きに出る夫を支えるのが、女の幸せだと女学校で教育を受けた。

けれど女性は、出産と家事のためだけに嫁ぐのではない。

家庭という形をした幸せな人生を紡ぎ出すためである。

男に従属するために学んでいる女学生は、杏の知る限り一人もいない。

「誰でもいいだなんて非常識だと思いませんこと！」

「俺と一緒になるのが嫌なら、この縁談を反故にすればいい。借金は自分たちで働いて返せ。人を頼るな」

「借金が萩原家だけの問題ならば、わたくしだってそうします。けれど、父は白椿女学校の理事長です。多額の借金があると醜聞が流れれば、通う女学生の名前に傷がついてしまうのですわ！」

「お前は、学友のために望まない結婚をしようとしているのか？」

「当たり前でしょう。そうでなければ、誰が見ず知らずの殿方との婚約を受け入れたりするものですか」

「そういうところが気に入らない」

はっとして見上げると、高い位置にある真の顔に嫌悪がありありと浮かんでいた。

「顔合わせだの婚約だの結納だのと、どれだけ正式な手順を踏んでいようが、借金の形《かた》に差しだされたお前は花街に身売りされる娘と変わらない。父親の操り人形にされているのに反抗せず、現状を変えようと努力もしない。そんな人間のどこを愛せばいいんだ？」

「それは……」

杏は、ぎゅっと袖口を握りしめて口ごもった。

真が言うように、借金取りに身売りされたも同然の立場にいる。

自分の意志に関係なく、身の置き場を決められそうになっている。

嫌だと言いながらも、結局、父の言いなりだ。

「で、ですが、わたくしだって努力はしてきました。女学校では勉学に励んでおりました し、将来は男性と同じように働き、社会に認めてもらうつもりでしたわ」

「女学校でするお遊び程度の勉学が、男社会で通用するとでも？」

「わたくしたちが受けている座学は、政府の教育要綱にのっとった内容です。家政やお作法の時間が多いのは事実ですけれど、男性とだってちゃんと渡り合えますわ！」

「それは、世間知らずの希望的観測だな」

真はあくまで杏を下に見ていた。

どれだけ本気か認めてもらいたいが、この場では自分の情熱を見せる機会がない。

はからずも、杏が父の言い分を受け入れてこの場に来たことが、甘えを象徴していた。

（わたくしは、甘えたつもりなんてなかったのに）

真の目には、杏は華族との縁談に気合いを入れてめかしこんできた軽薄な娘としか映っていない。どれだけ葛藤して喫茶部に来たかも、着付けた振袖より重たい責任を背負っているかも、考慮してもらえない。

（わたくしが女だから？）

だから、必死の想いを汲み取ってもらえないのだろうか。

杏が声を出さなかったので、真は侮蔑より落胆が色濃い表情になった。

「縁談は決裂だな、操り人形。次はマシな相手と見合い出来るように祈っている」

「シン、彼女に失礼だろう。待ちなさい」

歩き出した真は、空太郎の呼びかけにも振り返らなかった。

うろたえる父の横を通りすぎ、迷うことなく喫茶部の出入り口へと向かっていく。

広い背中を杏は呆然と見送ることしか出来ない。

耳がきんとして、楽団の演奏が中断するように周囲の音が遠くなる。

視界は舞台照明の出力が落ちるように黒く霞んでいく。

まるで夜の海に突き落とされたように心細い。

怖いし寒い。どうやって足の着く場所に戻ればいいのか分からない。

分かるのは、取り巻く世界の全てに取り残されたということだけ――。

「うわあああああんっ！」

「！」

杏を正気に戻したのは、幼い女の子の泣き声だった。

空気を裂くような甲高い声に真の足も止まる。

「なんだ？」

鬱陶しげに振り返った彼は、通りすぎた座席を見た。

そこでは、女の子が足をばたつかせて母親を困らせている。

「いやったら、いやなの！」

「さっちゃん、わがまま言わないの。これしかないのよ」

「だめなの、足りないのっ」

「何が足りないの？」

歩み寄った杏が声をかけると、女の子は不満げに西洋卓《テーブル》の上を指さした。

「これ！」

ふっくらした指が示したのは、散らばった四角い蠟引《パラフイン》き紙包みだった。

黄色の外箱で有名なミルクキヤラメルだ。

大正三年に大正博覧会の特設会場で大々的に売り出されて以降、愛されている携行洋菓子である。巷では偽物が出回るほど大人気の品で、父は煙草の代用品にしているし、杏も好きでよく食べている。

「うちで働いている助造《すけぞう》たちにあげたいの。でも足りないのよ」

「わたくしの目には、たくさんあるように見えるけれど……」

杏が目で数えると、西洋卓の上のキヤラメルは十七個もある。

配る人数がそれよりも多いということだろうか。

しかし、さっちゃんは思いもよらない事情を打ち明けた。

「助造は働き者だから、毎日食べられるように半分あげるの。お手伝いのお八《はち》は、よく虫歯が出来るから三分の一。いつもお昼寝ばかりしている弥彦《やひこ》は九分の一よ。でも、十七個しかないんだもん」

「奇数を半分には出来ないわ。キャラメルって意外と硬いし、割るのも難しそう……」

母親は困り顔をしている。

幼い子どもの我がままだろうと気軽に聞いてしまったが、なかなかの難問だった。

悩む杏の振袖を見て、母親が頭を下げた。

「お二人はお見合いですか。申し訳ありません。大切な場をお騒がせして……」

「いいのですわ。もう、破談になってしまいましたから」

杏が答えると、隣の真が身じろいだ。けれど悪いとは思っていないだろう。

はじめから上下のはっきりした関係だった。

借金を作った側の杏に拒否権はないけれど、話を持ちかけてきた神楽坂家ならいくら断ろうと問題ない。これは、そういう縁談だったのだ。

取りすがってもどうにもならない。それならみっともない真似はやめよう。女は結婚しなければ幸せになれないなんてのは嘘八百だと、自分の身で証明してやればいい。

仕事に生きる覚悟を決めた杏は、にじむ涙を引っこめて晴れやかな笑顔を作った。

「結婚なんてしなくても平気ですわ。だからといって、未来にはばたく女学生の一人として、女性を馬鹿にされて黙っている訳にはいきません。神楽坂様」

杏は、真の行く手を塞ぐように仁王立ちになって、整いすぎた顔に先制した。

「あなたは、世の女性が全て無能で、努力を知らず、男より出来が悪く、養われるだけの愚か者と思いこんでいらっしゃるようね。けれど、女だって何も出来ない訳ではありませんことよ。それを、わたくしがこの場で証明してみせます」

「証明だと？」

「ええ。このキャラメルを、さっちゃんの望み通りに分けられるか勝負いたしましょう。わたくしが勝ったら――」

真の鼻先に、杏は立てた人差し指をびしりと突きつけた。

「先ほどの侮蔑の数々、謝罪していただきますわ」

「……いいだろう」

勝負を受け入れた真は、キャラメルを見下ろして腕を組む。

「普通の数式では、十七個を半分、三分の一、九分の一には分けられない。一つ食べると十六個。それだと半分の八個には分けられるが三分の一には出来ないな。さっちゃんと言ったか。配る人間の取り分を変えてくれないか？」

「だめ！」

さっちゃんは、そう言ってつんと横を向く。ご機嫌斜めの彼女を説得するのは、懐柔なんて頭の片隅にもなさそうな真には無理だろう。

「もうよろしいでしょう。次はわたくしの番」

杏は、真の肩をぽんぽんと押しのけ、さっちゃんと向かい合ってしゃがみこんだ。

幼い子に心を開いてもらうコツは、目線を同じ高さにすることなのである。

「キャラメルを等分するのは難しいわね、さっちゃん」

「そうなの、困ってるの。お姉ちゃんは出来そう？」

「まかせてくださいな。わたくし、素敵な解決法を考えるのが大得意ですのよ」

杏はそう言って目蓋を閉じた。

意識を集中して、四角いキャラメルを脳裏に描き出してみる。

砂糖とミルクを煮詰めて作った甘い匂いが記憶から流れ出してきて、小さな鼻がひくひくした。

（先ほど、同じ匂いをどこかで嗅いだような？）

改めて記憶を掘り起こす。

あれは……つい先ほど、空太郎に接吻されそうになった刹那だ。

陽に当てた布団のような優しい匂いと一緒に、甘い香りを嗅いだのだった。

香りが薄いので数は多くない。

もしかしたら、たったの一粒かもしれない。

（けれど、それを足すことが出来たなら）

杏の脳裏で、ふわりと浮かんだキャラメルの粒たちが一斉にきらめいた。

「わたくし、ひらめきましたわ！」

目を開けてそう言うなり、杏は勢いよく振り返った。

「神楽坂様。あなた、キャラメルをお持ちでないかしら？」

「俺が？」

真は「そんなものある訳ない」とポケットを探ったが――ぎょっとした顔で、包装がくたびれたキヤラメルを一粒取り出した。

「なぜ俺が持っていると分かった？」

「甘い匂いがしたもの」

「お前は犬か……」

悪態をつく真の手を、杏は両手で握りしめる。

「忘れていた物なら、わたくしがいただいてもよろしいでしょう？」

「かまわないが口にしない方がいいぞ。いつからここに入っていたか分からない。これを混ぜて分けても、取り分には数えられないからな」

「平気よ。食べないって約束しますわ」

「？」

真は不思議そうに眉をひそめたが、杏の勢いに押されてしぶしぶ包みを渡してくれた。

杏がそれを西洋卓に載せると、キヤラメルは全部で十八個になった。

「さっちゃん。お兄さんが一つくれたから、試しに分けてみましょうか」

「うん！」

杏に促されたさっちゃんは、まず半分の九個を西洋卓の右に集めた。

「これが助造の分。お八は、十八個の三分の一だから六個よ」

残りを三個ずつに分けて、六個を左へ。

中央には、杏が足した分を含めて三個ある。

「弥彦が十八個の九分の一だから、ええと、二個！」

さっちゃんは新しい二個を取り分けた。

西洋卓の中央に残ったのは、真のポケットから出てきたあの一粒だけ。

これで彼女の望み通りの配分が完了した。古いキャラメルは誰の手にも渡ることなく。

「残りはお姉さんに返してもらってもいいかしら？」

「うん、手伝ってくれてありがとう！」

杏は、残った一つを摘まみ上げると、得意げに真の前に突きだした。

「これはお返ししますわ」

「……どうなってるんだ……」

手の平を広げて受け取った真は、納得のいかない顔でキャラメルを見下ろす。

「簡単な算術ですわ。女学生の柔軟な頭を舐めないでくださいな」

立ち上がって杏が胸を張ると、周囲から拍手喝采が沸き起こった。

いつの間にか人だかりが出来ていて、他の西洋卓で珈琲を飲んでいた客や給仕人が手を打ち鳴らす。

そのなかで父も誇らしげにしていた。女学校の教育も捨てたものではないと娘が立証したからだ。

先頭にいた空太郎は、面白そうな顔で西洋卓を覗きこんだ。

「この急場で小さなお嬢さんの願いを叶えるなんて。君は魔法使いのようだね」

「ありがとうございます。わたくし、とっておきの案をひらめくのは得意なのですわ」

するると父が「裁縫は不得手ですが……」と要らぬことを言う。

「いや、家政は数をこなせば身についていきますが、算術は元来の素養が大きく出るものですよ。娘さんは素晴らしい才能をお持ちだ」

そこまで言って、空太郎はふと何かを思いついたらしく口角を上げた。

「君は将来、男と肩を並べて働きたいそうだね？」

「ええ。いずれは、父と同じように女学校の運営に携わりたいと思っています。社会と時代が許してくれるかは分かりませんけれど」

いつか女性が当たり前に社会進出して、男性と変わらない活躍を期待される時代が来たら、それに応えられるような女性になりたい。

たとえ今は無理でも。

「それなら君、神楽坂の事業を一つ経営してみないかい？」

「事業といいますと？」

訳も分からずに目を瞬かせる杏に、空太郎は含みのある顔で持ちかける。

「私では持てあましていてね。君は『帝華』という歌劇団をご存じなのだろう？」

それは、真に瓜二つの神坂真琴がトップスターを務める、あの歌劇団のことだ。

「知っています！　というか、拝見したばかりですわ」

「その運営をお願い出来るかな。立場は歌劇団の支配人になる。給料は弾めないが、代わりに借金は帳消しということでどうだろう？」

「なんて素敵なお話。喜んでお受けしますわ」

両手を合わせて喜ぶ杏を、期待に満ちた表情で空太郎が見つめる。

心配そうな顔をした父は二人とも目に入らなかった。

縁談は立ち消えてしまったけれど、思いがけず管理職に就けるきっかけを得られた。

男性に使われるのではなく男性と肩を並べて働ける、ただの職業婦人になっただけでは手が届かない立場に、杏の胸はどうしようもなく高鳴った。

しかも神楽坂子爵家の事業を引き継ぐという好条件だ。

借金まで帳消しだなんて。まさに捨てる神あれば拾う神ありである。

「兄貴、いい加減にしろ。女子どもに経営を託すなんてどうなることか。あの歌劇団はもう、誰かに託してどうなる状態じゃないだろう！」

真の訴えを聞いて、杏は眉をひそめた。

必死な様子は、杏の輝かしい未来を妨害しているようには見えない。

むしろ窮地から助けようとしているかのようだ。

「どういうことですの？　まるで歌劇団の経営がすでに傾いているように聞こえますわ」

「実は、すでに昨年、不渡りを出している。今年も立て直せないと廃業だね」

昨日の天気を話すように明かした空太郎に、杏は青ざめた。

「まあ、危機的状況ではないですか！」

ただでさえ他に例のない少女経営者になろうというのに、初っ端から潰れかけの事業を押しつけられそうになっていたとは。

社会人経験のない女学生でも分かる。これは非常にまずい状況であると。

父を見ると、やはり難しい顔で首を横に振っていた。

「困りましたわ……。少し考える時間をいただけませんか……」

首を傾ける杏に対して、空太郎は飄々としている。

「危機的だからこそいいこともあるさ。『帝華少年歌劇団』は、その名の通り十代の若手を中心に構成されている。おじさんばかりの会社を立て直すより、よほど面白いよ」

「たしかに面白そうではありますわ。すごく魅力のある歌劇でしたから……あら、わたくしが見た歌劇団に〝少年〟なんて単語は入っていたかしら？」

杏が歌劇団の公演を観劇したのは、つい先日のことだ。

紹介冊子《パンフレット》を買って熟読したので、肝心の劇団名を間違えるはずはないのだが――。

「先日は正式名を伏せて公演したんだ。あまり受けないみたいだからね」

「受けないって何がですの？」

きょとんとする杏に、空太郎が大きく口を開いて笑う。

「君が見た舞台に上がっていた役者は、全て男性なのさ」

「全員、男性？　ですが、舞台には可憐な少女たちの姿もありましたわよ？」

「少女に見えるのも少年たちさ。帝華少年歌劇団は、凜々しい男役から淑やかな娘役まで全て男性だけで演じるという、革新的舞台構成に挑戦している」

「そんな劇団が存在しましたの？」

杏は口をぽかんと開けて驚いた。

革新的という表現は間違っていない。舞台に上がるのが男性のみなのは、伝統芸能の歌舞伎や能くらいだ。

帝劇でかかる本格オペラの類もそうだが、出演する役者は、演技力のある重鎮やこれから花開く若手まで、男女取り混ぜて公演するのが常識である。

当然、男役は男性がやるし、女役は女性がやる。

西の宝塚《たからづか》には少女だけで編制された少女歌劇団が誕生したというが、ほとんど東京《とうきょう》市から出ずに育った杏は、一つの性だけで構成された劇団は見たことがなかった。

「革新的だからこそ君に託したいのさ。君には、無理難題の解決方法を考えだす才能と、急場でそれを実行する度胸がある。支配人になった暁には、公演の企画から宣伝まで全て君の自由にしていい。費用も出来る限り都合しよう。大博打《おおばくち》に違いないがやる価値はある。どうだい？」

問われて、杏の胸から迷いが消えた。

空太郎は杏の素質を高く買ってくれている。

これは、女学生から才覚溢れた大人の女性になるための試練。そんな気がした。

「そのお仕事、お引き受けいたします。わたくし、帝華少年歌劇団の支配人として、必ずや世間にあの魅力を知らしめてみせますわ！」

高らかに宣言すると、空太郎は「そうこなくては」と満足げに拍手を送った。

「いきなり全権を預けられても困るだろう。まずは名目上の支配人となってもらい、君の経営方針に従って私が資金を動かすよ。劇団を立て直す期限は一年でどうかな。その間は、全力で仕事に当たってほしいので休学してもらわなければならないが、経営が上向いたら復学してもかまわない」

女学校の中退も覚悟していた杏は安堵した。

空太郎のもとでなら、結婚までの繋ぎとしての職業婦人ではなく、ほんとうの意味で働く女性の生き方を模索出来るかもしれない。

「ありがとうございます。そういうことでよろしいですわね、お父様？」

「どうでしょうか、萩原殿」

「か、神楽坂子爵がおっしゃるのであれば……」

父は呆けた様子で生返事をした。

愉しげな空太郎を横目に、真はこれからの多難を想像して溜め息をついたが、すでに未来を見据えている杏の耳にはついぞ届かなかった。

第二章　聖地、桜の園にて

「この塀、どこまで続いているのかしら……」

大きな風呂敷包みを背負った杏は、石塀にそって歩きながら途方に暮れていた。

子どものように下手な字で書かれた地図を頼りに目指すは、神楽坂邸だ。

杏は空太郎に招かれて、これからそこに住むのである。経営に関してまったくの初心者なので、困り事があったらすぐに相談出来るようにだ。

父は家から通わせると主張したが、空太郎の説得と杏の強い意向に折れざるを得なかった。

「地図では、そろそろ正門に着いてもいい頃なのだけれど」

杏は、女学校に通う時と同じく、矢絣《やがすりがら》柄の着物に袴を着て、深靴を履いている。

この格好が一番しっくりくる。何より気合いが入るのは、愛する母校、白椿女学校を背負っているような気になるからだ。

やがて花盛りの桜が見えてくると、その下に人影があった。

「どうかお帰りください！」

そう叫んだのは、淡色の巻き毛を肩先で切りそろえた少女だった。

「何度も申し上げているように、わたしたちはカフェーの女給のような真似はいたしません！」

彼女の口から出た言葉に、杏は不快な気持ちになった。

カフェーというのは盛り場のことだ。

珈琲を提供する純喫茶とは違い、蓄音機を鳴らす室内で、白いエプロンを着けた女給が客の男性にひっついて酒を提供するいかがわしい店だということは、耳年増な女学生らしく噂で知っていた。

「いいじゃないか。少し酌をするだけだ。おひねりは弾んでやるぞ」

少女の顎を持ち上げて鼻の下を伸ばしているのは、頭頂部が尖った禿げ頭の老人だ。渋染めの羽織袴を身に着けた姿はどこぞのお大尽のようだが、樽のように膨らんだ腹が日頃の不摂生を物語っている。

「儂《わし》は劇場の社長だぞ。逆らえばどうなるか教えてやるまでもないと思うのだが。大好きな歌劇が公演出来なくなってもいいのか？」

「それは……」

少女が悔しげに唇を噛む。それを見て杏ははっとした。

（このおじいさん、自分の立場を利用して彼女に嫌がらせしてるんだわ！）

黙って見過ごすなんてことは出来なくて、荷物を放り出してずかずかと近づく。

「その手をお離しなさい」

杏は、燃えたぎる闘志のままに、老人の手を叩き落として少女を背にかばった。

「権力で人を脅すなんて卑怯だわ。恥を知りなさい！」

「なんだ、この小娘が。儂に意見するのかっ」

酒臭い息を吹きかけられて、杏は顔をしかめた。

老人は、お天道様がかんかんに照っている真っ昼間から酔っぱらっているらしい。

「お酒に飲まれるような人間に説教されるいわれはありません。それに、わたくしはただの小娘ではなく、帝華少年歌劇団の支配人です」

豪快に切った啖呵に背後の少女が息を吞む。

老人はというと、片目を見開いて口元だけで笑い、いかにも悪人という面構えになった。

「ほうほう、支配人とな。神楽坂の若造がついに売りおったのか？」

「売ってなどいません。わたくしに託してくださったのです」

「たくしたぁ？　騙したの間違いじゃないのか。それとも、よほど神楽坂の好みだったのかのう。どれ、顔をよく見せてみろ」

皺と染みだらけの手が伸びてくる。

杏は、人をかばっている手前、逃げることも出来ずに首をすくめた。と、ほぼ同時に、頭の上で派手な音がした。

「いくら裏門とはいえ、騒ぎは困ります」

たおやかな声に薄目を開けると、縞の袴の上にゆったりした外套をまとい、布帽をかぶった真が、老人の手を寸でのところで止めていた。

「小澤《おざわ》翁。こちらで何をしてらっしゃるのです？」

「何もしとらんわ！　神楽坂の小僧こそ、そんな口を利いていいのか。儂を誰だと思っている！」

「そんなことは重々承知しております」

真は、老人の耳元に口を寄せて、わざと大声を出した。

「劇場の管理をまかされただけの不動産会社の社長が、神楽坂の敷地に入るな。うちの団員に手を出すな。空太郎兄さんに告げ口されたくなければ、このまま帰れ！」

杏が割り込めないほどの剣幕だった。

老人も、さすがに子爵の名前を出されると手が出せず、「覚えてろ」と捨て台詞を吐いて去っていった。

あの調子では、どこかの店に入って絡み酒でもしそうだ。

「カレン。一人で表に出るなと言っていただろう。どこに行こうとしていたんだ」

真が問いつめると、彼女は困った顔で上着のポケットを押さえた。

かさりと音が立ったそこからは、白い封筒の端が覗いている。

「実家に手紙を送ろうとしただけです……」

「そういうのは僕に頼め。あいつらと関係が出来た今、道中で何があるか分からない」

「あなたこそ。あんな狒々爺《ひひじじい》を相手にするなんて危ないです」

「僕は平気だ。見た目より丈夫なんだよ」

真はそう言ってカレンの髪を撫でた。

柔らかな手つきに、カレンが潤んだ目を伏せる。

二人の髪を、衣服を、花びらを乗せた春風が吹き上げる様は、まるで舞台を見ているよう。

同じ地面に立っている杏が申し訳なくなるくらいに、麗しい時間が流れていた。

「こっちか、萩原杏！」

「はい？」

突然呼ばれて、杏は我に返った。

見れば、洋装の真が門の内側から駆けてくる。

「神楽坂様？　え、え、ええ？」

杏は、カレンと寄り添う真と、こちらに走ってくる真を交互に見た。

「なぜ同じ人が二人いますの……？」

着物の方はぴんときた顔で、息を切らした洋装を迎えた。

「どうやら人違いをされていたらしい。真、こちらのお嬢さんはお前の客かい？」

「ああ。時間を過ぎても姿が見えないと思ったら、わざわざ裏に回っていたようだな。しっぽを巻いて逃げだしたのかと思ったのに、残念だ」

むっとした杏は、何度も確認してくたびれた紙切れを振り回した。

「挑戦する前に逃げたりするものですか。地図では、待ち合わせ場所はここになっていましてよ。ほら、ご覧になって！」

紙を手渡された真は、元より険しい眉間に渓谷のように深い皺を刻みこんだ。

「お前、兄貴の悪筆に騙されたな。これは上下逆だ」

「ええっ？」

杏は、地図を奪い返してまじまじと見つめる。

紙の向きを変えると、試し書きだと思っていた線が文字として読める。

『こ、こちらがせいもん』と書いてあった。

「こ、こんなの気づきようがありませんわ」

「ふふ。かわいい人だね」

口元に手を当てて笑った着物の方の声は、男性にしては高めだった。

そろりと見やる杏に、真が棘《とげ》のある口調で告げる。

「会えて良かったたな。こいつが本物だぞ」

「この方が――」

優しく見下ろしてくる、真に瓜二つの顔。

「――神坂真琴様、なのですね」

「そう。僕と真は双子なんだよ。びっくりした？」

そう言って楽しげに笑う真琴。ふんと顔を背ける真。

表情は正反対だが、二人は漆黒の髪色も、端整な顔立ちも似ている。

双子でも個性はあるらしく、身長は真の方が高い。

軍で鍛えているせいか、引き締まっている体はたくましい。骨格自体が大きいようで、
身幅も広く感じられる。

真琴は、さすが役者なだけあって細身でしなやかだ。

目つきもどことなく色気を帯びていて、立っているだけで人目を引く。整えた爪や髪は艶々していて、果物のような甘い匂いまでする。

「初めまして。兄さんから話は聞いているよ。僕が帝華少年歌劇団のトップスター、神坂真琴だ。こちらは相棒の」

真琴に促されて、カレンはゆっくりと頭を下げた。

「星宮《ほしみや》カレンです。トップ娘役をまかされています。先ほどは助けていただいてありがとうございました」

「少年だけの歌劇団で、娘役ということは……」

「はい。私は男性です」

名は体を表すという言葉の通り、はにかむカレンは可憐な人だった。

撫で肩に空色の洋装《ワンピース》がよく似合っていて、声は小鳥のように高い。おっとりした顔つきといい、ゆるく巻いた髪といい、まさに理想の乙女だ。

実際には少年なのだけれど。

「よろしければカレンとお呼びください。あなたが、空太郎様が選んだという新しい支配人なのですね」

「わたくしは萩原杏と申します。皆さんの素晴らしい歌劇を世に広めるために尽力します。どうぞよろしくお願いいたします」

深く頭を下げると、真琴とカレンは和やかに笑った。

「こちらこそよろしく、杏ちゃん。さっそくなかを案内するよ。僕とおいで」

真琴に手を引かれて、杏は神楽坂の敷地に踏み入った。

桜花が浮き彫りにされた裏門をくぐると、褐色の煉瓦《レンガ》の道が延びる。

向かう先には三階建ての大きな洋館があった。

外壁は雪のように白く、窓枠と雨戸はチーク材で出来ていて、二色の対比がいかにも今様な浪漫建築だ。

「僕らの父親は西欧好きで、あちらの建築家を招いて設計したんだ。もとは客用の離れだったんだけど、今は劇団員が暮らす寮として使われている。ちなみに、家が洋風なのに桜を植えているのは、神楽坂家の家紋が桜花だからなんだ」

真琴が手ぶりで示す通り、建物の周囲には大きな桜の木がいくつも植わっている。

花はどれも盛りで見ごろだ。

けれど、杏は顔を上げられずに足元ばかり見ていた。

(か、かか、神坂真琴様に、手を引かれていますわ)

普段の杏なら「はしたない」と強気で振りほどけるのに、彼が相手だと包帯で巻き固められたように腕が動かない。動けない。

それに気を良くしてか、洋館へ辿りついた真琴は上機嫌で扉を開け放った。

「ようこそ。僕らの城へ」

杏の視界に広がったのは、海の向こうの宗教画のように幻想的な光景だった。

光る大理石の上で、長い髪をひっつめた娘役の少年たちが、稽古着のチュチュを靡《なび》かせながら踊っている。

陽光が舞台照明のように差しこむ窓際では、背の高い男役たちが、手振りを交えながら台本を読みあわせている。

瑞々しい才能があちこちで弾けるホールのどこにも老いや衰えの気配はなく、杏は、まるで時間の止まった妖精の国に迷いこんだ気分になった。

「なんて綺麗なんでしょう……」

「ありがとう。玄関ホールは見ての通り練習場所になっている。中央の螺旋《らせん》階段を上がると、団員の共同部屋や衣装室があるんだ。ちなみに僕らトップは個室だよ。杏ちゃんの部屋はどうしようか。僕のところに来る?」

花のような笑顔を向けられて、杏は心のなかで悲鳴を上げた。

女学生らしく男性への免疫が備わっていない体は、誘惑に脆弱だ。鼓動はどんどん高鳴って体中が熱くなる。

杏が熟れた林檎のように真っ赤になったので、見かねたカレンが助け船を出した。

「お琴《こと》さん、支配人が困っています。加減して差し上げてください」

「星宮の言う通りだ。さっさと離れろ。こいつはここには住まない」

呆れ顔で告げる真に、真琴は「どうしてだい」と不満げだ。

「彼女は僕らの支配人なんだから、ここに住んだっていいじゃないか」

「駄目だ。誰が猛獣の檻に客人を放りこむか。こいつの部屋は母屋に用意した」

「そんなのずるい。主に真が」

片割れの言葉に頬を引きつらせた真は、あえて回りくどく尋ねる。

「聞くのも馬鹿らしいがあえて言わせてやる。琴、その心は」

愛称の『琴』と呼ばれた真琴は、満面の笑みで答えた。

「だって、こんなにかわいい少女と一つ屋根の下だよ？　どさくさに紛れて、ぶつかったり抱きしめたり同衾したりし放題じゃないか！」

「どうきん……」

杏があまりの衝撃によろめくと、真が支えてくれた。

そして、お礼を言う間もなく真琴の膝裏を蹴り飛ばす。

「くだらん妄想をするな、この色ぼけ役者め。さっさと紹介しろ」

「はいはい。せっかち者だな、真は」

真琴は手を打ち鳴らして、稽古に集中していた団員を集めた。

「みんなに紹介したい人がいるんだ。自己紹介出来る？」

「はい。本日より帝華少年歌劇団の支配人になりました、萩原杏です！」

大声で告げて、がばりと頭を下げる。髪に結んだ大きなリボンが跳ねる様は、空高くから獲物を狙う鳶《とび》の恐ろしさを知らない子兎のようだった。

見ず知らずの少女を前にして、団員たちには困惑した空気が漂う。

「なぜ女が支配人になど……」

「経営に強い人間が来るって聞いたのに」

口々に漏れるのは不平不満だった。

向けられる視線からすると、杏の存在に好奇心を持っている団員が三割、不安でいっぱいが五割、拒絶感ありが二割といったところか。

(わたくしの急務は、彼らに支配人として認めてもらうことだわ)

杏と彼らはもはや運命共同体なのだ。

同じ船に乗ったからには協力し合わなければならない。

仲間が十分な働きをしてくれると信じて、自分の持ち場で全力を尽くさなければ、遠からずこの船は沈む。

「わたくしは、空太郎様に算術の才能と度胸を見込まれてここに招致されました。これまでは歌劇好きなただの女学生でしたが、これからは違います。皆さんの素晴らしさを世に広め、たくさんのお客様を劇場に呼んでみせますわ」

「新しい仲間を歓迎しようじゃないか、みんな」

そう言って、真琴は杏の肩に手を置いた。

「初めての支配人業で不安もあると思う。杏ちゃんが惑う時は僕らが導いてあげよう。立場に違いはあっても、僕らは少年歌劇を愛する同志だ」

彼が話し出すと、ホールに満ちていた憂いや反感が音もなく遠ざかっていく。

真琴は一団員でありながら、歌劇団をまとめる役割を果たしているようだ。

受け入れられるか不安だった杏は大きな感動に包まれた。

しかし、次の真琴の言葉にそれも吹っ飛んだ。

「それと、彼女は僕の恋人になる予定だから、下心を持って近づかないようにね」

「こっ、こいびと!?」

「あほか」

真は、真琴の手から奪い取るように杏を引き寄せて、「お前が一番危ない」と言い渡した。

「こいつは母屋に住む。当然、神楽坂子爵の客人としてだ。下世話な手出しをした者は、ここを追い出されるだけでは済まないと思え」

そう言うなり、扉の方へ取って返した。

真琴は不服そうに抗議していたが、外に出ると声が聞こえなくなる。

「悪かったな。あいつは少々……。いや、まるきし残念なやつなんだ」

「顔はそっくりなのに、真様とは正反対ですのね……」

少しの幻滅を込めて呟くと、真から冷めた視線を送られる。

「どさくさに紛れて名前呼びか」

「まあ、ごめんなさい」

杏が慌てて口を押さえる。

罵られるのを覚悟したが、真は軽く嘆息しただけだった。

「それでもいい。この家で〝神楽坂様〟と呼ばれるとややこしいからな。代わりに俺も名前で呼ばせてもらうぞ、杏」

「承知しました」

呼び名が姓から名前に変わった。たったそれだけのことなのに、彼との距離が少しだけ近づいたような気がする。

何とはなしに嬉しくなって杏がはにかむと、真は不服そうに口を曲げた。

「どうせすぐ逃げ帰ることになるだろうが、母屋を案内してやる。ついてこい」

あまりの言いように、杏は開きかけた心を閉じて歩きはじめた真を追った。

「馬鹿にしないでくださらない？　わたくしは、託されたものを簡単に放り出すような真似はいたしませんわ。あなたは、どうしてそう上から目線なのですか」

「物理的に小さい自分を恨め」

「身長の話ではございません。あなたは悪口が過ぎましてよ。だいたい――」

杏は、負けず嫌いを発揮して、ちっとも歩調を緩めない真に早足で食いついた。

それから、どれだけ言葉の応酬を続けただろう。

軽くあしらわれ続けた杏の喉は、母屋を案内され終わる頃には、砂漠にいるみたいに渇いていたのだった。

「今日は、とても疲れてしまいましたわ……」

神楽坂邸に来て初めての夜。

杏は不思議な昂揚感から眠れずにいた。

真と口喧嘩しつつ母屋を歩き、夕食は仕事から戻ってきた空太郎と三人でとった。そこで、改めて歌劇団を一任すると言われて、決意を新たにしたのだが。

「気合いを入れすぎたせいかしら。それとも寝台に慣れないせいかしら」

杏はフリルでいっぱいの敷布から起き上がった。

憂鬱な視界に広がるのは、猫足の箪笥や西洋卓。レースの天蓋をかけた大きな寝台を置いてもなお、カドリーユを踊れそうな広い部屋だ。

「ここと比べたら、わたくしの部屋なんてわんこの小屋並みですわね」

女学校に通えるのは比較的裕福な家庭の少女が多いとはいえ、杏は庶民である。

住んでいた家は普通の日本家屋だ。洋室はないし、調度品も豪華ではない。けれど、あそこにはお調子者の父がいて、いつも明るかった。優しかった母との思い出もある。

そう思うと、戻れない場所に来てしまったように心細くなった。

「懐郷病《ホームシック》というものかしら。十五にもなって、情けないわ……」

このままではとても眠れそうになくて、膝をかかえて小さくなる。

その時、こんこんと控えめな音が部屋に響いた。

「——どなた？」

寝台から下りた杏は、そうっと扉を開ける。

薄暗い廊下に立っていたのは軍服をまとった真だった。

茶褐色の地に黒い襟章、軍帽や肩章に緋の差し色が入った簡素な意匠は、暗い廊下に埋没してしまいそうなほど地味だが、彼が着ていると不思議に華があった。

華やかでないのは怪訝そうな表情だけである。

「やはり起きていたか」

「何か問題でもありますの？　何時に寝ようが、わたくしの勝手でしょう」

文句を言ってしまってから、杏は彼の手元にある銀盆に気づいた。

愛らしい小花柄のティーポットと揃いのカップが一客載っていて、小さな皿には香ばしい香りを立てる焼き菓子が扇状に並べられている。

「こんな遅くに、お茶ですの？」

「香草茶《ハーブティー》だ。眠りに入るのを助ける薬効があるから腹に入れろ。どうせ晩飯は甘いか辛いかさえ分からなかっただろう。お前、借りてきた猫より大人しかったからな」

言い当てられて、杏はぎくりとした。

夕食は、ナイフとフォークを使った西洋食だった。

会食の際に洋食をいただく経験はあったが、ほかほかの白いご飯と味噌汁が日常だった杏は、変に緊張して食べた気がしなかったのだ。

「失礼にならないように笑顔でいたのですけれど……。よくお気づきになりましたね」

「兄貴は騙せていたぞ。俺が気づいたのは、慣れない家での初めての夜に、眠れなかった覚えがあるからだ。俺の場合は仏蘭西《フランス》だったが」

仏頂面が板についた真にも、寂しくて眠れない夜はあったのだ。

そして、同じ思いをしている杏を案じて、深夜にもかかわらずお茶を運んでくれた。

「わたくし、あなたを鬼のように冷徹な男性だと勘違いしていましたわ……」

「その印象は正しい。俺は兄貴のように、女と見れば誰彼かまわず優しく出来る人間じゃない。だが、ただ女というだけでお前を侮辱したのは間違いだった。お前がキャラメル分けで俺より優れていたのは事実だ」

真は杏に盆を手渡すと、敬礼前のようにきゅっと背筋を伸ばした。

「お前を見下して、悪かった」

頭が深く下がった。腰はきっかり九十度に曲がり、杏の身長では全力で跳ね上がっても届かないつむじが見える。

もしも彼がまだ杏を見下していたら、決して見せない姿だった。

「わたくしこそ、酷く言い返してごめんなさい。あなたに指摘されて、自分がどれだけ人生に対して受け身でいたか思い知りましたわ」

真は、女性嫌いが高じて杏を否定した訳ではない。

借金の形に差し出されようとしているのに、父親の言いなりになって反抗しない態度をたしなめたのだ。

そもそも女性には、生きているだけで何気ない差別が付きまとう。

女学校に在籍して一人ひとりが生徒として尊重されている分には実感がないが、社会に出れば多くの女性が家庭を守ることしか出来ないと無能扱いされている。

男より突出すれば、女のくせに。

男が得意なことを失敗すれば、これだから女は。

蔑視というものは、社会の根底に薄く広く敷かれている。取り除くためには、上に乗っかっている家や墓や人といった、社会を築いているものを脇にどかす必要がある。

大きな箪笥の下は掃除が難しいように、気軽に取り組めることではない。一般的な感性を持っていれば、そんなしち面倒くさいことは見ない振りをしてしまうだろう。

なお悪いことに、その不条理な風当たりを、女性自身が当然だと受け入れている節がある。杏も、真に意識させられるまでは、偏見という毒を己の懐に忍ばせていた。

「わたくし、実は喫茶部に着くまで悩んでおりましたの。女ですから、お人形みたいに飾られて、口を閉じて微笑んでお行儀良くしていれば、どんなこともだいたい上手くいくでしょう。けれど、それは生きているといえるのかしらって」

杏は自分が男性より劣っているとは思わない。

男性、女性、それぞれに得意分野や長所短所があるから、男性が能力を発揮しやすい分野に女性が馴染まないことだってある。

けれど、女性が生まれてから死ぬまで、人生の全てにおいて男性にへりくだるだけの存在でいなければならない、なんてのは大きな間違いだ。

同じように真が思ってくれていることが、杏は嬉しかった。

「わたくし、あなたのおかげでよく眠れそうですわ。これから夜勤でいらっしゃるの？」

「ああ。だが詰所で暇を潰すだけだ。朝には帰る」

「そうでしたの。お茶をご一緒したかったのだけれど……。お仕事なら仕方がありませんわね。いってらっしゃいませ」

尊敬の意を込めて頭を下げるが、真はぴくりとも動かなかった。

「どうかなさいまして？」

杏が小首を傾げると、真はぎこちなく背中を向けた。

「……行ってくる」

そう言って歩いていく。喫茶部で別れを告げた時と同様に、振り返らずに。

あの時と異なるのは杏の心が和らいでいること。

そして、遠ざかる真の耳がうっすら赤いことだった。

帝華少年歌劇団は、常盤座《ときわ》や金龍館《きんりゅうかん》といった活動写真館が多く並ぶ娯楽の中心地である浅草六区に、帝華劇場という公演場を持っている。

この辺りは杏の大好きな場所だ。

建物を彩る電飾がハイカラで、ちょっと危険な香りもして、歩くだけでわくわくする。

まず街並みがいい。瓢簞池《ひょうたんいけ》のそばには八角形の高楼を持つ通称十二階《じゅうにかい》があり、通りの左右を埋め尽くすようにして、ルネッサンス様式を真似た石造りや木造トタン葺きの屋根の下にエンゼルの像を置いた西洋建築が並ぶ。

景観保護のため高さ制限が敷かれているので、どの建物も横並びで、通りを歩くといつも空が良く見えた。通行人の興味を引くため、建物のてっぺんに届く長さの幟《のぼり》や、巨大な油絵の看板が所狭しと掲げられている。

それを見れば、どんな催し物をやっているかが分かる。

大スター尾上松之助《おのえまつのすけ》の活動写真がかかる電気館、西南の役などの油絵を展示するパノラマ館、猥雑な雰囲気の見世物小屋に、手妻師や義太夫が詰める芝居小屋……。

大勢の人が吸い込まれて吐き出される建物は、まるで生物のようだ。

だが、その活気もある場で途切れる。

流行りの活動劇場を通り過ぎた先。娯楽目当てでやってきた通行人が、やれここいらで引き返そうかと思う寂れた辺りに、帝華劇場はあった。

「律動《リズム》は心でとりなさい。足や手を使うと遅れます。では、もう一度はじめから。アン、ドル、トワ！」

　演出家の拍手に合わせて娘役の少年たちが踊る。

　アーク燈の明るい光に照らされた舞台とは対照的に、客席には明かりがない。

　薄暗いそこに一人きりで座った杏は、身をよじって感激していた。

「まさか、こんな形で稽古を見られるなんて思いませんでしたわ」

　一般客が目にするのは、ひとしきり稽古をつけて完成された歌劇だ。

　しかし、支配人として見守るこの舞台上には、未熟な踊りや歌が飛びかう。

　稽古が進むごとに、ばらけていた足取りはそろった足並み《ステップ》に、声は張りを持った和声《ハーモニー》に変わる。徐々に歌劇の輪郭が現れていく過程はとても見ごたえがあった。

　演者である年頃の少年たちは、真摯な姿勢で舞台に立っている。

　誰しも、帝都の華になるようにとの思いから『帝華』と名付けられた歌劇団にふさわしい凛々しさだ。

　彼らがつま先で回るたびに薄地のスカートが円く広がる。

　ひらひらと、蝶のように。

「踊り子は休憩。トップ二人の歌合わせを行います。神坂、星宮、いらっしゃい」

「はい」

　下手《しもて》の舞台袖から真琴が出てきた。役を想起させる白い上衣に、細身の黒い洋袴《ズボン》を合わせ、ゆったりした外套を肩にかけている。

後ろに連なるカレンは、シャーリングがふんだんに入ったロングドレス姿だ。

演出家の指導に耳を傾けていた真琴は、客席に杏を見つけると、悪戯を思いついた子どものように片目をつむった。

「！」

どきり、と杏の胸が高鳴る。

からかわれていると頭では理解しているのに、どうにも少女の憧れという薄膜は厚かましく剛健だ。

「こら、神坂。集中なさい！」

「すみません、先生」

真琴に反省の様子が見られなかったので、杏は気まずくなって客席から逃げ出した。


「美しい舞台は、厳しい稽古で作られているんだわ」

玄関ホールに出た杏は、上の空で歩いていた。

あんなに一生懸命に稽古をつけていても、支配人である杏が舵取りを誤れば、帝華少年歌劇団はあっさり潰れてしまう。それだけは避けたい。

だが、すでに不渡りを出しているだけあって現状はかんばしくなかった。

まず客の入りが悪い。稽古に二月《ふたつき》、公演が一月《ひとつき》の配分で年に四つの演目を披露しているが、初日も千穐楽《せんしゅうらく》も空席が目立ち、大入の札は長いこと倉庫に封じられているという。

観劇代は、もっとも安い一階四等席で五十銭、一方の桟敷《さじき》席は一圓で、特等で二圓五十銭という超高額を取られる帝劇よりは安価なものの、決して低くはない金額だ。が、客が来ないので資金難も当然である。

団員は神楽坂家にある寮で暮らしているが、あれは給金がほとんど払えないための苦肉の策だ。寮にさえいれば食事が出るし、提携している銭湯にも無料で通える。

彼らには月に一度、女学生の小遣い程度の金を渡されているようだが、生活費には足りない。人によっては外出を我慢して金を貯め、靴下や防寒着を買っているという。

なぜここまで閑古鳥が鳴いているのか。

問題は、西洋歌劇という芸術形態が、市井にあまり浸透していないことだ。

娯楽といえば、植物園や活動写真館が一般的なこのご時世。

舞台劇はいまだ能や歌舞伎といった昔ながらの旧劇に権威があり、帝国劇場で催される西洋のオペラのような新劇は市民権を得ていない。

そんな状況だから、演劇役者への風当たりも強い。

帝華少年歌劇団の団員が少年だけという点は最大の個性だが、舞台劇など見たことのない大衆からすれば、軟弱そうな男子のお遊戯会として捉えられてしまう。

「この歌劇団の魅力を伝える広報活動を考えねばなりませんわね。不名誉な固定観念を払拭するための革新的な方法が必要ですわ」

「ちょっとあんた。邪魔だよう！」

いきなり大声で叱られて、杏は飛び上がった。見れば、水を張った盥《たらい》を持った割烹着姿の中年女性が、肩をいからせて立っている。

「ほら、おどき。袴の女学生と違って、あたしゃ勤労してんだよ」

「わ、わたくしだって」

経営について考えています。

そう言おうとして、杏は奇妙なことに気づいた。

「どうして、そんなにたくさん雑巾を持ってらっしゃるのですか？」

盥の周囲をぐるりと取り囲むようにかかった雑巾は、尋常な数ではない。

「どうしてって決まってるだろう。一枚二枚じゃ、すぐに足りなくなっちまうからさ。この劇場の掃除は、ほとんどあたし一人でしなきゃなんないんだからね。ふぅ」

盥を廊下の隅に置いた女性は、上体を起こして腰をとんとんと叩いた。

「腰が痛いったらありゃしないよ」

「ご苦労様です。こんなに広いところをお一人だけで拭くんですの？」

帝華劇場は、白い石壁と青磁色の屋根を持つ洋風建築だ。

左右対称に設計されており、神楽坂の寮と同じ建築士が関わっただけあって壮麗である。

玄関を入ると大理石の広間だ。左手に切符売り場、右手には売店があり、前方には二階席に上るための二股の階段がある。

踊り場の下にある扉を開けると一階の客席が扇状に広がる。並べられた木製の長椅子《ベンチ》には番号が振られており、客は切符に記された数字を探して座る。

五百人を収容出来て舞台は八間の広さ。セリ上げを完備した西洋式小型劇場は、小型とはいえ一人で掃除するにはあまりに広い。

「拭くだけじゃないさ。掃くし磨く。といっても、こう広いと一人じゃ限界があってね。東の端を拭いてる頃には西の端が埃まみれさ。若い掃除夫が解雇されちまって、高いとこには手が届かなくて放置だよ。困ったねえ」

彼女の視線を追って見上げると、二階まで吹き抜けになった天井から下がる照明に蜘蛛《くも》の巣が張っている。

ここまで歩きながら検分したところ、床に敷いた赤絨毯は煤けていたし、飾り彫りが施された壁板もニスが剝げかけていた。

造りは立派だが、明らかに手入れが行き届いていない。

辺りを見回せば、他の従業員たちは、次の公演の大看板を継ぎ合わせたり、帳簿を運んで行ったり来たりしていて、どこの部門でも人手が足りていないようだった。

「人員を増やしてもらえるよう、空太郎様に進言しましょうか？」

杏が言うと、女性は「そんなの役に立たないよう」と愚痴をこぼした。

「この劇場は、『山樂会《さんがくかい》』っていう不動産を管理してる会社に渡っちまったのさ。小澤って、ビリケン人形みたいな頭の爺さんが社長をしてる変なところさね」

ビリケン人形とは、尖った頭と吊り目が特徴の幸運の神の像のことだ。特に商店や花街で流行していて、大阪の新世界《しんせかい》にある遊園地には銅像まで建てられている。

「わたくしも存じておりますわ。酔って団員に絡むところを目撃しました」

「酷いやつだったろう。あいつら、人件費をケチってほとんどの従業員を首にしちまった。いくらあたしたちが訴えても聞く耳持たずさ。神楽坂の坊っちゃんも情けないよう。父さんが大事にしてきた劇場を、簡単に売っぱらっちまったんだから」

「空太郎様はどうして売ってしまわれたんでしょう？」

劇団の経営権はいまだ彼にある。杏は雇われ支配人なのだ。

お抱えの劇場があるなら所有しておけばいいのにと、素人考えで思ってしまうのだが。

女性は、そんなこと分かりゃしないよと首を横に振った。

「先代が死んで手に余ったんじゃないかい。子どもの頃から芸術に長けてたのは、今の子爵様じゃなくて弟の方だったみたいだからねえ。海外まで行って舞台芸術について勉強していたらしいよ」

「それで、あんなにご立派ですのね」

真琴はトップスターになるべくしてなったのだ。

幼い頃から本場の歌劇に触れていたと知って、杏は彼の見事なふるまいに納得がいった。

「でも、どんなに熱心に勉強しても、こんな不人気な劇団じゃ才能の持ち腐れさね。みんな本格的な西洋歌劇が見たけりゃ帝劇に行くだろうさ。でもね。あたしゃ、この歌劇団の若さが好きだよ。玄人の演技は見ごたえがあるけど華が足りない気がしてねえ。今じゃ自分の子より帝華の劇団員たちが可愛いんだ。あの子らのためなら重労働も頑張れるのさ」

そう言って、女性は盥の水に浸した雑巾を絞る。

まだ春先なので水は酷く冷たそうだ。

指先は赤くなり、硬くなった皮膚がぱっくりと割れて血がにじんでいる。

けれど、彼女はけなげに拭きだす。

大変な仕事をこなすために。帝華少年歌劇団のために。

「わたくしも一緒にお掃除してよろしいですか？」

杏が申し出ると、女性は手を休めずに「給料は出せないよ！」と笑った。


「どうしてそうなった」

空が黄昏に染まる頃。

劇場の裏口で萎びた果物のようになった杏を見つけたのは、開襟の上衣に背広の上着を羽織った真だった。

休暇日にもかかわらず様子を見に来てくれたらしい。

「ええと、掃除係の福田《ふくだ》さんを手伝って、帳簿担当の方に売上を教えていただいて、通りかかった装丁画家さんと景気のお話をして、またお掃除して……。少々疲れてしまいましたわ」

力なく笑うと、真は呆れた顔でポケットからハンケチを取り出した。

「働きぶりには感服するが、そんな調子だと続かないぞ」

そして、いささか乱暴な手つきで杏の頬を拭った。

掃除に夢中になる内に煤《すす》にまみれていたようだ。

「お前がいくら努力しようと、この国で歌劇は理解されない。そんなことは兄貴も、父の代で十二分に分かっている」

忌々しげな真の視線を追って、杏も劇場を見上げた。

堅牢な石壁が城門のようだ。

そこまで高さがないはずなのに山のようにそびえて見える。

「舞台芸術が好きだった父は、夢を見続けるためにここへ財産を注いできた。だが、死んだ今は夢も見られまい。すでに劇場は二束三文で山樂会に引き渡した。兄貴は、琴のために歌劇団だけは維持しようとしているが、俺は潰してもいいと思っている」

「そんな風におっしゃらないで。みんな懸命に稽古していますのよ」

「稽古して完成度を上げても、誰にも見てもらえないなら価値はない。必要とされないなら続かない。舞台とはそういうものだ」

突き放した言い方に、杏は眉をひそめた。

「あなた、帝華少年歌劇団がお嫌いですの?」

「嫌いだ」

迷いなく吐きだされた言葉は、杏の胸に突き刺さった。

真琴が懸命に率いている歌劇団を、双子の片割れである真は疎ましく思っているのだ。

思わず顔を曇らせてしまう。

「……泣きそうな顔をするな」

「だって、ほんとうに悲しいのだもの」

口に出すと気持ちが抑えられなくなって、杏は涙をほろりと零した。

不思議なもので、真に帝華少年歌劇団を否定されることは、自身が拒絶されるより辛かった。

訳も分からず泣く杏を見て、真は柄にもなく戸惑ったらしい。

視線をさまよわせて逡巡した後、ぐっと息を詰めて謝罪した。

「……すまない。泣かせるつもりはなかった。お前の努力や頑張りを否定した訳じゃない。歌劇団の存続を望んでない訳でもない。経営を立て直せなくたって、お前の責任じゃないと伝えておきたかった」

真は、腹でも抉られたように険しい顔をしている。

無関心を決め込んだっていいのに、不器用に優しい人だ。

「わたくしはもう平気ですから、その……。あなたまで泣きそうな顔をなさらないで」

杏は、すんと涙を呑みこんで、腕をそうっと伸ばした。

子猫の頭を撫でるように力を抜いて、真の頬に触れる。薄い皮膚が骨格にぴんと張った肌は触り心地がよろしくない。

すぐに振り払われるかと思えば、真は黙って杏の行動を受け入れていた。

撫でてくる杏が理解出来なくて、御しがたいという表情をしている。

「見ーちゃった！」

「うわっ」

「きゃあっ」

唐突に上から覗き込まれて、杏と真は跳ねるように離れた。

その反応すらにやにやと楽しんでいるのは、稽古着から白い上衣を襦袢《じゅばん》代わりにした書生のような袴姿に着替えた真琴だった。

「ずいぶんと仲がよろしいようで。何でお前が撫でられてるのさ、真」

「俺にも分からん」

「当人が分からないって何さ。それにしても――」

真琴の愉快げな視線が、騒々しい胸を手で押さえている杏に向いた。

「――お前の女嫌いは、杏ちゃんに対しては発動しないのか？　これはいいことを知ってしまった。兄さんにご報告しよう、そうしよう！」

「兄貴に？　待て、告げ口はやめろ、琴っ」

真琴が足取りも軽やかに戻っていくのを、真が殺気立った様子で追いかける。

そこに、建物の脇を通ってきたカレンが現れて、真琴とぶつかった。

「きゃっ」

「カレン！」

真琴は倒れかけたカレンをとっさに抱きとめる。舞台で演じている時と変わらない洗練された所作だったが、カレンの顔は大きく振り回されたように青ざめている。

「お、お琴さん……。門のところに」

震える指でカレンが正面の方を指す。

異常を察した真琴は、さっと顔色を変えてカレンを真に託すなり駆け出した。

「待ってください、真琴さん！」

足の速い彼の後を、杏は懸命に追った。

その後ろを少し遅れて真とカレンがついてくる。

まばらに雑草の生えた劇場の脇道を走り抜けると、すぐそばに正門があった。

「ここで何があったんだ」

門をくぐり抜けて通りを見回す真琴。

遅れて到着した杏は、ぽたりという粘着質な水音を聞いた。

雨粒かと思って空を見るが快晴だ。

では、今の音は？

おそるおそる開いた門を見る。

鋼鉄製の門を伝って、真っ赤な血が地面にしたたり落ちていた。

「なっ！」

「騒ぐな。これは血ではない」

ポケットから出したハンケチで液体を拭った真は、青ざめる杏と真琴に見せた。

粘度の高い赤からは、甘ったるくも刺激的な匂いが立ち上って、じわっと目に染みる。

「何ですの、これは？」

「大道具の着色に使われる油性調合ペンキだ。劇場に保管されているのを、誰かが運んできてぶちまけたんだろう」

「ぶちまけたって、何のために」

「演出だろうな。恐怖心を与えるための」

真が門の上を見やった。

槍のように尖った柵には、一枚の便箋が挿さっている。


『新支配人ハ　即刻辞職セヨ！

サモ無クバ　ウル和死イ　雲雀ヲ頂ク。

怪人ヨリ』

文章は、雑誌や新聞に使われている活字を四角く切り抜いて作ってある。古びて変色した文字と比べて土台にされた便箋は真新しく、文字の部分が浮き上がって見えた。

「脅迫状ですわ……！　でも〝雲雀《ひばり》〟って何のことかしら……」

考え込む杏に、腕を伸ばして便箋を取り外した真が言う。

「星宮のことだろう。歌の名手で、その声は雲雀のようだと評されている」

「ということは、わたくしが支配人を辞めなければ、カレンさんが誘拐されてしまうということ？」

杏が口にすると、カレンは「ひっ」と喉を鳴らして真琴にすがりついた。

彼を抱き返しながら、真琴は険しい顔で言う。

「カレンは替えがきかないトップ娘役だ。僕とカレンがいなかったら帝華少年歌劇団は公演が出来ない。杏ちゃんが支配人を辞めないと誘拐するだなんて、誰がそんな酷いことを言っているんだ！」

「書面には『怪人ヨリ』と書いてありますわ」

「怪人だって？」

真琴の目蓋が、幕が上がるように開いていった。心当たりがある、そんな表情だった。

騒ぎを聞きつけた団員たちが集まってくる。

脅迫状を真から受け取った杏は、懐に差しながら提案した。

「ひとまず、カレンさんを劇場のなかへ入れましょう」

「俺が運ぶ。琴は杏を連れてこい」

真は軽々とカレンを横抱きにすると、劇場に駆けこんだ。

その後に、真琴と杏も続く。

(脅迫に従わなければ、誘拐事件が起きる……)

たった一文の脅しは、杏の心をざわめかせるに十分な迫力を持っていた。

✿

「野次馬が散るのを待ってから四人で帰ってきました。カレンさんは真琴さんに付き添われて寮で休んでいます。これが、その脅迫状です」

杏は、懐から便箋を抜いて差し出した。

ここは神楽坂家の母屋にある執務室。

重厚な歴史を感じさせる西洋骨董の調度品を揃えた、空太郎の仕事場だ。

彼は、大机に肘をついた格好で手にした脅迫状を読む。

「……これを発見した状況は？」

「カレンさんが第一発見者ですわ。カレンさんと真琴さんは共に楽屋を閉める遅番で、二人とも帰り支度を終えていました。裏口で休んでいるわたくしを捜しに真琴さんが離れていた間に、門が赤い液体で汚れているのを見つけたそうです」

「ちょうど俺は杏と話をしていて、そこに琴が現れた。星宮が知らせに来てすぐに表門へ走ったが、その道中でも門の付近でも不審な人物は見かけなかった」

西洋椅子《ソファ》に腰かけた真が説明を入れると、空太郎は真正面に立つ杏を仰ぎ見た。

「支配人としての君の考えを聞こうか」

「この脅迫状は、わたくしに支配人を辞めさせるのが目的です。カレンさんは帝華少年歌劇団のなかでも舞台に欠かせないトップ娘役。もしも彼が誘拐されたら公演が出来ないと知った上で、わたくしを脅すために誘拐などという荒唐無稽な犯行予告を作ったのでしょう」

もしも杏が辞任しなかった場合、カレンが誘拐されて公演が出来ない。

公演が出来なければ収益は生み出せず、杏は新支配人として何も出来ないまま歌劇団は潰れるだろう。つまり、支配人の座にこだわり続けても意味がないということだ。

杏が辞任した場合、カレンの身の安全は保たれる。

公演も続けられるし、別の支配人のもとで歌劇団の経営も上手くいくかもしれない。

杏さえ支配人の座を降りれば――と、考えるのは犯人の思う壺だ。

「犯人は、とにかくわたくしを今すぐにでも辞めさせたいのです。公演を人質にとれば、わたくしは身を引かざるを得ないだろうと思って、この文面にしたのでしょう。けれど屈する気はございませんわ」

脅された張本人が余裕そうなので、空太郎の口角が上がった。

「なぜ屈しないのかな？」

「カレンさんが誘拐されるというと深刻に思えますが、相手がどれだけ本気なのか、ペンキと手紙程度では測りようがありません。それに実際問題として、脅迫に屈している暇はないのです。わたくし、劇場で色々と伺って参りましたの」

杏は懐から自前の赤い手帖を取り出した。

白椿女学校に入学したお祝いに、父が三越《みつこし》で買ってくれたもので、縮緬《ちりめん》の被布《カバー》には白い椿が刺繍されている。

表紙を開いて、万年筆を挟んでいた頁を開く。

「あの劇場は、建てられてから三十年を数えています。屋根や窓枠、扉が傷み、小手先の補修だけでは足りない状況にありました。だから空太郎様は、不動産管理会社の山樂会に所有権を渡されたのですね？」

「ああ。素人の私では、どこまでの規模の修繕をするべきか判断出来なかった。西洋建築は維持が難しくてね。朽ち果てさせてしまう前に専門知識のある会社に託すことにしたのさ」

「木造建築なら板と釘でどうにでもなるでしょうけれど、石造りですものね。どうして山樂会におまかせになりましたの？」

「あそこは、明治期に西洋建築の工事を多く引き受けていた元建設会社でね。明治東京地震を経て傷み出した建物をそのままにしておくのは忍びない、管理をまかせてくれないかと浅草の劇場や活劇小屋に片っ端から声をかけていたんだ」

浅草には西洋建築が多い。芝居小屋や活動写真館をはじめ、かの有名な浅草十二階も洋風の煉瓦造りだ。和風の館が珍しいくらいのハイカラな地域である。

「社長の小澤殿の話を聞いたら、建物の現状保存を約束してくれたので、この会社ならばと売り渡したんだよ」

空太郎の判断は合理的だ。問題は託した相手なのだろう。

「劇場を引き取った山樂会は、主に地下の設備を中心に修繕したようです。工事は三カ月に及び、その間、従業員は立ち入りを禁じられ、歌劇団も使用出来ずに他の公会堂を借りていました。この時の賃貸料や舞台セットの運搬料もかなりかさんでいますわ」

ぱらぱらとめくる手帖には、今日見聞きした情報が書き留められている。

何頁にもわたって書きつけた大量の数字には、全て『貸』の字がついている。

経営を借金でまかなっている状態――つまり、赤字だ。

「次の公演を打てなければ、歌劇団は千圓近い負債をかかえてしまいます。これは由々しき事態ですわ。悪戯に屈している場合ではありません」

「屈しても仕方のないことではないかい？　脅迫状を送るような人間は、どんな危険な手を使ってくるか分からないよ。いつ星宮カレンが誘拐されるかも不明だしね」

「その点はご安心ください、空太郎様。分かっておりますから」

さらりと言う杏を、真が厳しい口調でたしなめる。

「負けず嫌いも大概にしろ、杏。犯人が本気だとして、いつ誘拐するかまでは脅迫状に書かれていなかったぞ。どうして分かっているなどと言える」

「わたくしは、負け惜しみで申し上げている訳ではありません。これをご覧になって」

杏は、手帖の間に挟んでいた公演切符の見本を取りあげた。

長方形の厚紙には、大きな飾り字で『歌劇場の怪人』と書かれている。

「次の公演は怪人が重要人物なのです。真琴さんが演じる怪人が、カレンさん演じる美しい歌姫に恋い焦がれ、しまいには誘拐事件を起こす。そういう筋書きなのですわ」

誘拐して地下に閉じこめた歌姫には、やんごとなき身分の婚約者がいた。拒絶された怪人は自害して、愛する彼女が歌う歌劇場を守る精霊となる——。

「この脅迫状は、歌劇の内容になぞらえられています。真琴さんから見せていただいた台本では、歌姫は舞台で歌っているところを攫《さら》われますの」

空太郎は、杏に手渡された切符を卓上燈の光に照らした。

「犯行は、公演中に起こるということか」

「その可能性が高いと思いますわ。けれど、それにしては妙なのです。実は、こちらは帝華少年歌劇団のために戯作者が書いた独自の脚本で、紹介冊子も看板もまだ完成しておりませんの。この脅迫状を作った犯人は、まったく広報していない次の公演内容を知っているということですわ。それに、そもそもわたくしが新しい支配人だと知っている人は限られていますし」

犯人が身近にいることを暗に伝えると、部屋には緊張が走った。

「ですから、余計に屈せられません。これはただの脅迫ではなく、新しい支配人であるわたくしへの批判と挑戦ですから」

帝華少年歌劇団の団員たちに、新たな支配人として紹介された時のことを、杏はよく覚えている。

傾いた劇団を救ってくれる経営の玄人に期待を寄せていた団員たちは、現れた女学生に落胆し、不安に駆られ、嫌悪を顔に浮かべた。

敵意までは感じなかったが、何とかして追い出そうと考えた者がいたとしても不思議ではない。内部犯の可能性は十分にある。

杏は、両手で手帖をぱたんと閉じた。

「わたくしは辞めませんし公演も中止しません。カレンさんに危害が及ばないように、再びこんな悪戯をされないように、寮と劇場をきっちりと管理します。ですが、そのためには人手が足りません。山樂会は人件費を減らすために多くの従業員を解雇しました。その結果、通常業務にも支障が出ていますわ」

「従業員は同じ条件で雇用するようにと小澤殿に話をつけたんだけれどね。山樂会には私から申し入れておく。星宮カレンには家の守衛を何人かつける。それでいいかな?」

「いいえ、いけませんわ。下手に護衛をつけると、稽古に打ちこんでいる他の団員が動揺します。幸い、公演まではまだ二週間もあります。ですから――」

杏は、すうっと息を吸いこんで、床まで届くような勢いで頭を下げた。

「――内密に犯人を捜させてください」

言った瞬間、部屋の時間が止まった気がした。

「兄貴、杏の言うことは聞くな。警察に届を出すべきだ。誰かが傷つけられてからでは遅い」

真の意見はもっともだ。

営利活動を妨害する内容の脅迫状が届いているのだから、警察は動いてくれるだろう。

しかし杏は、頑として譲らなかった。

もしも内部犯が逮捕されてしまえば、悪い印象がついてしまう。再興をかける歌劇団の活動に影が差す損失《リスク》は出来るだけ取りたくない。

真は、頭を下げ続ける杏に厳しい目を向ける。

「杏、諦めろ」

「嫌です。空太郎様が同意してくださるまで、わたくしはこのままでいます」

杏の頑固さを察して、空太郎は「やれやれ」と折れた。

「警察に届けるかどうかは保留しよう。しかし、どうやって犯人を捜すつもりだい？」

「とてもいい考えがありますの」

起き上がった杏は、身振り手振りを交えて説明した。

話していくにつれて空太郎の表情が強ばったが、次々と湧き出るひらめきの奔流は、流れる星のように止められなかった。

「――という調査をしようと思います。許可をいただけますね、空太郎様」

ひとしきり訴えて息を乱す杏に、脇で聞いていた真が呆れた声で尋ねた。

「お前、それでほんとうに犯人を見つけられると思うのか？」

「おまかせください。何事も挑戦ですわ！」

「……兄貴」

「……止められないよ、シン。彼女が支配人なのだから……」

少女特有の向こう見ずな勢いに気圧された男二人は、黙って従うしかなかった。

第三章

潜入調査はお手柔らかに

一階広間に集まった少年たちに向かって、杏はにこにこと笑っていた。

着古しの木綿の着物を襷《たすき》掛《が》けにし、地味な紺の袴をはいて現れた支配人に、団員たちは面食らっている。

「お琴さん、今何とおっしゃいました？」

不機嫌さを隠さずに問いかけたのは、糸目が特徴的な辰彦《たつひこ》だ。周りより頭一つ分高い長身で、トップスターの次に重要な役をまかされることが多い男役である。

弱り顔で杏の隣に立った真琴は、「それがね」と嘆息する。

「僕らが困窮していると知って、支配人自ら寮母になると言ってくれたんだよ」

「寮母、ですか……」

辰彦の口元が歪んだ。あからさまに嫌そうだ。

支配人の座についているとはいえ、杏は団員にとってはいまだ部外者。

煙たがられていると知った上で寮母になると決めたのには、もちろん思惑がある。

「わたくし、現在は休学中ですけれど女学生ですから、一通りの家政は習得しておりますわ。炊事にお掃除、繕い物でも何でもお申し付けくださいね」

「そういう訳だから」

笑顔を崩さない杏の背に、真琴は手を当てて言う。

「杏ちゃんは僕の部屋に寝泊まりするよ。個人的に仲良くなりたいなら、まずは僕を通すように。朝の打ち合わせはこれで終わりだ。今日は劇場での稽古はないが、夜に衣装合わせがある。それまで各自で練習に励むこと。はい、解散っと！」

真琴が手を打つと、団員たちは方々に散らばっていく。

自由時間になった途端にざわざわと騒々しくなるところは、女学校と同じだ。

「杏ちゃんは僕とおいで」

真琴は、人気がない廊下に至るなり腕を組んだ。

「どうして寮母になんてなったの。そんな肩書きがなくても、君はもう僕らの支配人のはずだ。堂々と寮でも劇場でも立ち入って、脅迫状の送り主を調査したらいいのに」

「寮母になったのは皆さんと親睦を深めるためですわ。歌劇団を盛り立てる仲間として認めていただくには、生活を共にするのが一番でしょう？　犯人捜しももちろんしますけれど、それが本懐ではありません」

劇場内にあったペンキが利用されていたので、脅迫状の送り主は十中八九、帝華少年歌劇団の関係者だ。稚拙な手口からいって団員である可能性が高い。

だが、杏は犯人を見つけて吊るし上げようとは思わない。

もしも杏への反感が募っての犯行であれば、その気持ちを取り除くのが肝要だ。そのために杏は、歌劇団に潜入して犯人を捜すことにした。

心を入れ替えてもらい、これ以上おいたをしない状態に持っていくのが目標である。

「そこまで言うなら君の好きにしたらいいよ。いくら調べても犯人は見つかりっこないけどね。だって、僕らのなかにあんな酷いことをする人間はいないもの」

これこそ、歌劇団を率いる彼が、杏の潜入調査を受け入れた最大の理由だった。犯人が身内にいると考えていない真琴にしてみれば、腹を探られようと痛くも痒くもないのだ。

「真琴さんは、皆さんを信じてらっしゃるのですね」

「そうさ。僕らは仲間だもの」

階段を軽やかに上った真琴は、二階東端の練習室へ入った。

早くも柔軟を終えた踊り子たちが、振付をおさらいしはじめている。指先、つま先まで神経を行き渡らせて、しなやかに跳躍する体は、命を燃やしながら輝いていた。

練習する演目は、海外から招致したジョバンニ・ヴィットリオ・ローシー率いる帝劇洋劇部が、去年の春に公演した『古城の鐘』である。七三分けの髪形を女優髷《まげ》として流行らせた人気女優の原信子《はらのぶこ》らが、手を取り合って陽気に踊るシーンが印象的だが、興行は振るわずたった六日間で終幕した。

歌劇好きの杏が黙っているはずはなく、父と共に足を運んで観劇したので筋書きを覚えている。男役の台詞に聞き覚えがあると思ったら、帝劇洋劇部と同じ台本を使っていた。

「なぜ、帝華少年歌劇団が帝劇の台本を使えるのですか?」

「そちらに兄さんの伝手があって、期間限定で借りているんだよ。練習といえど、熱意は本番と同じように取り組んだ方がいい。団員は三十名ほどいるけれど、ほとんどが名のない役だ。そこで三つの班に分けて全員が役をもらい、団員向けに公開する身内公演を行って研鑽を積むんだよ」

　本格的な舞台を練習段階から踏ませることで、意欲の増進と成長を促すのだという。

「借りるのも無償ではないでしょう。それも歌劇団の負担になっているのでは？」

「そりゃそうさ。でも、そうでもしないと僕らは成長出来ない。僕らの平均在籍年数を教えようか。たった四年だよ」

「お若い方ばかりだと思いましたけれど、そんなに短いのですか」

「だから〝少年歌劇〟なのさ。君だって、僕らの永続性のなさや、儚さに魅了された口だろう？　観客は分かってるんだ。僕らがいつまでもここにいないことを。やるべきことをなしたら妖精みたいに飛び立って、美しい姿を隠してしまうことを」

〝帝都の華〟と名付けられた歌劇団は、それゆえに団員の俳優生命が短い。

　娘役は、声変わりがはじまったら男役への転身か退団を促される。男役も成長しきって体に厚みが出ると野暮ったく見えるため、舞台から降りて裏方に回る者が多い。

　少年でいられるのは、児童よりは大人で、体が成長しきらないわずかな間だけ。

　彼らは、たとえ望んでいなくとも、花びらが散るように少年を脱ぎ捨てて男になっていく。

　壁に背をつけた真琴は、彼らの練習風景を愛おしそうに眺める。

「ここは歌劇に焦がれる少年にとって、たった一つの場所なんだ。社会では男らしいとか女らしいとか、そんな基準でしか評価されない。だから僕らは、他の場所では舞台に立つことさえ出来ないんだよ。ここにいられる夢幻のような短い期間を、大切に愛しながら頑張るしかないんだ」

偏見と闘うのは、女性だけだと思っていた。

よくよく考えれば男性だって、たくましく勇ましく硬派な人間であれと、かくあるべきという姿に縛られている。

もしもこれが少女だけで結成された歌劇団であったら、結婚前のお嬢さんたちがお遊戯を見せてくれるのね、と微笑ましく世間に受け入れられただろう。

しかし少年歌劇はそうはいかない。

男がそんななよなよした姿でどうすると、真っ先に糾弾されてしまう。元より弱い存在として見られている女だったらこうはならない。男は強いものだという偏見があるから、容赦なく罵詈雑言が飛んでくる。

少年歌劇が打ち破らなければならない壁は、途方もなく厚い。

「サーポレッテはそんな風におどおどと話すと思うか?」

「そっちこそ、そんな厳ついジャートルードがいるかよ!」

娘役の団員が言い争いをはじめた。真琴は「少し待ってて」と言い残して、今にも取っ組み合いをしそうな少年たちに事情を聞く。

台本は台詞とト書きの注釈がついているだけで、細かな演技については演出家と詰めるのが一般的だ。しかし、練習公演ではあえて演出家を置かずに、団員自ら考察することで役柄への理解力を深めていくようである。

(稽古や公演内容について、わたくしが口を出す必要はないようですわね)

真琴は、団員の話を熱心に聞いて、身振りを交えて自分の解釈を伝えた。

激高していた団員は、彼の意見だったらすんなり受け入れられたようで、喧嘩した相手と改善案を出し合う。

練習の雰囲気を握る真琴は、いわば帝華少年歌劇団の天秤だった。

「そうそう。二人とも上達したじゃないか！」

大げさに喜んで、真琴は団員を鼓舞した。それで団員はやる気を取り戻す。

この歌劇団を一番愛しているのは真琴かもしれない。

彼の笑顔を見つめながら、杏はこの場所を守りたいと強く思った。


「カレン、調子はどうだい？」

三階にある個室に真琴は遠慮なく立ち入る。

木製の寝台と、簡素な机があるだけの部屋には誰もいなかった。

「ご不浄にでも行っているのかな？」

杏が寝台の敷布に触れると、指先に伝う温度は冷たかった。

「すっかり冷えています。カレンさんが起きてここを出られてから、かなりの時間が経っているようですわ。まさか誘拐――」

「あそこにいる」

青くなった杏の先走る推理を遮って、真琴が窓枠に手を突いた。

外を見下ろせば、満開の桜の木の下に白い洋装を着たカレンの姿があった。

花の房が被って革靴しか見えないが、近くに男性がいるようだ。

「どなたと会っておられるのでしょう。あんなところで……」

見つめていると、話を終えた男性が桜の陰から踏み出した。杏は、あっと思う。

「空太郎様だわ。脅迫状について進展でもあったのかしら？　わたくしを通してくだされば手間が省けましたのに」

「逢瀬なんだから、杏ちゃんを通したら情緒がないじゃないの」

「あのお二人、恋人同士だったんですの！」

杏は目をまんまるにして驚いた。

カレンと良い仲なのは真琴だと思っていたのだ。

しかし、カレンは空太郎と密かに通じていた。

傍目には、華族の当主と可憐な少女という理想的な組み合わせだ。だが、二人を知っている者にはこの状況が奇妙だと分かる。

どちらも男性なのだ。

「空太郎様は神楽坂子爵ですわ。女性と結婚して、子爵家の跡継ぎをもうける必要があるのでは？」

男性であるカレンが相手では、子をなすどころか結婚すら許されないだろう。

華族であればこそ、直系の血族を絶やすことは絶対にあってはならないはず。

戸惑う杏に対して、真琴は深刻さとはほど遠い顔で肩をすくめる。

「だから、兄さんは杏ちゃんに真との縁談を持ちかけたんだよ。兄さんは自分の跡継ぎについて、神楽坂の血が流れていれば誰の子でもいいと思っているのさ。僕は人気職ゆえに結婚はしないつもりだから、残るは末弟しかいない訳だ。相手が杏ちゃんだって分かってたなら僕も立候補したのになぁ」

残念そうな真琴に、杏は苦笑いで返した。

真琴が来ていたら縁談を受け入れていたかもしれないと心の隅で思うけれど、きっと婚家に入った後で後悔していたはずだ。

相手が真でも真琴でも、杏が男子をもうければ神楽坂子爵家の跡継ぎの心配はなくなる。

杏はお払い箱になり、家庭を顧みない夫に尽くす人生を前に嘆く。どうして、父の勧めに乗ってしまったのだろうと。

空太郎は、父の借金を哀れに思って縁談を申し出たのではなく、元より真の結婚相手を探していた。嫁候補として杏が挙がらなければ、他の少女をあてがっていただろう。

穏やかな雰囲気をまとっているが、華族らしく抜け目がない人だ。

杏は踏みこんでいいものか迷いつつ問いかける。

「真琴さんは、その……お二人の仲に思うところはありませんの？」

「何で？　男同士だから？　本人たちが幸せならいいじゃないの」

「真琴さんのお気持ちはいいのですか。カレンさんのことを、お好きなのに？」

杏がたまらずに言うと、真琴は表情を凍りつかせた。

「いつ気づいたの？」

「最初にお会いした時に」

桜の下でカレンの髪を撫でる真琴の手には愛しさが宿っていた。

口元は甘ったるく緩み、伏せた目は恋しいと語っていた。

あそこまで露骨な感情に気づかないほど、杏は鈍感な少女ではない。

「カレンさんに触れる真琴さんのお顔は、とてもお優しかった。だから、わたくしは気づいたのです。カレンさんを大切に想う気持ちが特別だと」

「驚いたな……。杏ちゃんは、人をよく見ているんだね」

片想いを言い当てられた真琴は、観念したらしく脱力した。

「君の見立て通り、僕はカレンが好きだ。いま舞台に立っているのは、カレンを泣かせたくなかったからなんだ。前のトップスター……僕の前任にあたる人が辞めた二年前に、この歌劇団も畳んだ方がいいんじゃないかって話が出てね」

「そんなことがありましたの？」

初耳だった。

杏は、トップスターはずっと真琴だと思っていたから。

「その時、カレンは泣いた。自己主張が苦手で控えめな彼が、必死に『ここで歌っていたい』と訴えたんだ。劇団が解散すれば兄さんと離れ離れになるから、余計に悲しかったんだろう。カレンの泣き顔を見て、僕はここに飛びこんだ。以来、自分ならトップになれると信じて努力を続けて、団員たちの先頭に立ち続けている。……難儀な恋だよね」

「難儀ですが、とても素敵な恋だと思いますわ」

星のように手が届かなかった憧れの人が、人間くさい部分を持っていた。

失望するどころか応援したくなるのは、杏が真琴に自分と近しいものを感じたせいかもしれない。

「わたくしは何も出来ないけれど、真琴さんも何もなさるおつもりはないのでしょうけれど、むしゃくしゃして心が萎んでしまいそうな時はお聞かせください。わたくし、言葉の屑入れになるのが上手なのですわ」

「屑入れ？」

「ええ。女学校の同級生は、嫌なことがあったらわたくしに話しますの。そうすると心がすっと軽くなるのですって」

杏は、咲子やその他の女学生たちから、口の堅い相談相手として人気があった。

さばさばした性格をしているから話しやすいのだそうだ。

「ありがとう。でも、杏ちゃんを屑入れ扱いはしたくないな。恋文をしまう文箱くらいに格上げしておいてよ。愛用するから」

文箱と言われて、無意識に杏は、机の上にある便箋箱を見た。

艶やかな漆塗りに桜が描かれている品だ。その横には、古びた雑誌が几帳面に縦横を揃えて積み重なっていて、カレンの几帳面な人柄が伝わってくる。

雑誌は、竹久《たけひさ》夢二《ゆめじ》の装丁画が華やかな少女誌だ。杏も、気に入った号を自宅に保管しているくらい、女学生には馴染み深いものである。

男性であるカレンは、こういった情報源から少女の考えや気持ちを汲み取っているのかもしれない。

「カレンさんは、筆まめな方なんですの？」

「兄さんにはよく恋文を渡しているよ。東北の実家にも、一カ月に一度くらいの頻度で手紙を送っているはずだ。カレンは東北の貧しい農家の生まれで、人から人へと売られてようやくここに来たからね。ここにいる団員は、そんな子ばかりだ」

育ちがよさそうに見える辰彦でさえ、日露戦争後の不況で一家離散し、その日暮らしの末に団員になったという。

潜入調査一日目。

杏は、団員たちの歌劇への情熱と、それぞれの事情を知った。

真琴の寝台の横に布団を敷いて寝た杏は、何事もなく朝を迎えて、潜入調査は二日目となった。

眠っている彼を起こさないように布団を畳み、冷たい水で顔を洗って着替え、髪をリボンでまとめて向かったのは厨房だ。

「おはようございます」

扉を開けると、朝食の準備をはじめようとしていた二人の食事当番が目を丸くした。

片方は、頭の高い位置でお団子を作った少年。

もう一人は、杏を厭っている様子の辰彦だ。

「支配人、こんな朝早くにどうされました？」

「わたくし寮母ですもの。お食事の準備をしようと思いましたの。個人的にご挨拶するのは初めてですわね。よろしくお願いします、辰彦さん、虎徹《こてつ》さん」

杏が微笑むと、娘役の少年は驚いた。

「何でぼくの名前を知ってるの？」

「団員のお名前は全て頭に入っておりますの。虎徹さんは去年入団されたばかりですね。名のある役をやられた経験はなくとも、愛嬌ある芝居が評判だと聞きました」

「わあ、わあ！　褒めてもらえて感激！　ありがとう！」

両手で杏の手を握って上下に振る虎徹は、人気があるのも納得の人懐っこさだ。

しかし辰彦は、「あなた、料理なんて出来るのですか？」と不審な表情である。

「ご令嬢ではここの調理は務まりませんよ。その細い腕では、若い男の食欲を満たす量は一度に作れません」

「腕力ではお二人に敵いませんわ。けれど、わたくしには創意工夫の心得があります。どんな献立を作るおつもりでしたの？」

「朝はだいたい決まってるんだよ。白米、納豆、味噌汁、漬物に、主役のおかずを一品付けるんだ。焼き鮭とか、茄子の油炒めとか、挽き肉のつみれとか！」

「豪勢なおかずはごくたまにですよ。いくら神楽坂子爵の後援があるとはいえ、閑古鳥が鳴いている劇団なので予算はあまりありません。今日は、じゃがいもを茹でたものに塩を振って出す予定でした。幸いにも、いもならたくさんありますし、腹も膨れます」

「茹でたおいもに塩だけ、ですの？」

お皿にころんと載せられたじゃがいもを、もそもそと頬張る団員を想像したら、涙が出てきた。

歌劇団の現状は、想像していた以上にひもじいようだ。舞台衣装は細身の方が見栄えするとはいえ、成長期の少年たちが貧困による空腹状態なのはよろしくない。

手元にある食材で、おいしくてお腹いっぱいになる朝食は作れないものだろうか。

袖を襷掛けにして目を閉じた杏は、頭のなかに土のついたじゃがいもを描き出す。

縦横無尽に転がり出したいもは、やがて土が落ち、皮がむけ、柔らかく茹で上がって湯気を立てていく。

　上から降ってきた雪のような粉にまみれて、完成したのは――。

　杏は、ぱっと目蓋を開けた。

「わたくし、ひらめきましたわ！　母屋に行ってきますので、お二人は、じゃがいもを人数分、茹でていてくださいませ」

　杏が猛然と駆け出していったので、辰彦はあ然とした。

「何なんですかね、あの女学生……」

「よく分かんないけど面白い人だね。じゃがいも茹でて待ってみようよ」

　洗ったいもを皮のまま茹でて、竹串が通る柔らかさになったら笊《ざる》にあけ、皮を取り除いていると、勝手口から息を切らせた杏が戻ってきた。

「お待たせしました！」

　手には食パンが一斤ある。

「母屋で焼いたものですけれど、食べきらずに乾燥してしまったのですって」

「乾いたパン一つでは、団員たちの腹は膨れませんが？」

「これはこのまま食べるものではありませんわ。虎徹さん、皮が取り除けたら麺棒で潰して、牛乳があれば少し混ぜてください」

「はーい」

　杏は壁にかけられていた巨大なおろし金で、ごりごりとパンを摺りはじめた。

まな板に溜まっていく真っ白いパン粉は雪に似ている。春先の、冬に逆戻りしたような気温の日に降ってくる、粒が大きな重たい雪だ。

「辰彦さんは、大きめの鉄板をご用意くださいませ」

「鉄板はありません。鋳物の平鍋なら大きいのが三つありますが」

「それでかまいませんわ。油を塗って、潰したじゃがいもを薄く伸ばしてください。均等にならしたら、火にかけて両面に焼き目を付けてくださいな」

何をしようとしているのかさっぱり分からない。だが、虎徹が乗り気なので、辰彦もしぶしぶ鍋に潰したじゃがいもを薄く伸ばした。

火にかけてひっくり返し、狐色の焼き目をこんがりつける。

「……出来ましたよ」

「ありがとうございます。ここからは、わたくしにおまかせあれ」

パンを摺り終えた杏は、それを別の鍋に入れた。大さじ二杯の醬油、胡椒、ひとつまみの砂糖とカレー粉を混ぜて炒り、湿気を飛ばす。

「これをじゃがいもの上にまんべんなくかけると……」

黄金色のパン粉がじゃがいもを覆いかくす。匂いは油で揚げたように香ばしい。

「まるで西洋食の揚げ物のようですね。たしか、コロッケとかいう名前の」

「これは、そのコロッケもどきですわ！」

杏が発表すると、辰彦と虎徹はいぶかしげに小首を傾げた。

「もどき？」

「って、どういうこと？」

「一般的なコロッケは、挽き肉を混ぜたじゃがいもを丸く成形して、パン粉を付けて揚げるものですけれど、我が家では独自の調理法で作っていましたの」

西洋食であるコロッケは、明治三十八年に銀座《ぎんざ》の洋食店・煉瓦亭《れんがてい》が提供したのをきっかけにして大衆に知られるようになった。

しかし、店で出されるのは濃厚なクリームが入った高価なもの。庶民がおいそれと食べられるものではなく、代わりにじゃがいもを使ったレシピが考案されたのだ。

萩原家の慎ましい食生活において節約は正義だった。

父はハイカラな西洋食を食べたがったが、油が多くて胃もたれするし材料費や手間もかかるので、杏は出来る限り簡単に作れて満足度の高い料理法を研究していたのだ。

「女学校に通っている年頃で、節約術に長けているとは珍しいですね」

「母を亡くしてから一切の家事をまかされてきましたの。他にも困ったことがあったら教えてください。わたくしのひらめきで何とかしてみせますから」

杏が胸を叩くと、辰彦はスッと糸目を見開いた。

「お飾りの支配人に甘んじる気はないと？」

「最初からそのつもりですわ」

じっと対峙する二人に、焦れた虎徹が声をかけた。

「ねえ、ねえ。作業しないと、みんな起きてきちゃうよ！」

我に返った三人は、大急ぎで残りの朝食をこしらえた。

大鍋に沸かした出汁で豆腐の味噌汁を作り、炊き上がった白米はお櫃《ひつ》に入れて食堂へ運ぶ。取り皿には白くて薄い洋皿を用意した。

一般家庭では一人につき一つの箱膳を並べるが、洋館らしく長方形の西洋卓を使うので、食器を直接配置していく。

コロッケもどきは西洋卓の端に匙をつけて置き、各人で取り分けることにした。

「何だ、この料理は」

食堂に集まってきた団員は、西洋食のおかずに目を輝かせた。

杏が「多人数用のコロッケですわ」と教えると、珍しさから競い合うように取り、手を合わせて「いただきます」の大合奏を響かせるなり、多めに炊いた白米や大鍋に作った味噌汁が空になる食べっぷりを見せつけた。

そして、胃袋を摑まれた男子らしく、それまでの態度を一変させて杏を歓迎した。

「すごくおいしかったよ！」

「こんなに満腹になったのは久しぶりです」

「夕食も楽しみにしてるね、寮母さん」

「ええ。皆さんは稽古に励んでくださいまし」

料理をきっかけに打ち解ける作戦は、成功のようだ。

それだけでなく、団員が我が子のように思えて愛着まで湧いてきてしまった。

杏がここの支配人になったのは、父の借金を帳消しにするためであり、男性のように管理職に就ける機会を逃すまいと飛びついたからだ。

けれど、一生懸命な真琴や団員たちを見ている内に、歌劇団そのものが大事だから頑張ろうと思えるようになった。

団員にはたくさん食べて、たくさん稽古して、素晴らしい歌劇を披露してほしい。

食器を洗って片付けた杏は、当番を勤め上げた虎徹と辰彦を稽古に送り出した。

厨房に戻って、小皿に取り分けていたコロッケもどきを取り出す。これは杏の分だ。

団員に給仕するため、自分の朝食は後回しにしていたのである。

「ふぅ……。お腹がぺこぺこだわ」

悲しいかな、白米と味噌汁は残っていない。

とうていお腹が膨れる量ではないが、経済的に苦しい帝華少年歌劇団を思えば、夕食までの間にお腹と背中がくっついても耐えられる。

杏は、木製の匙を用意して両手を合わせた。

「それでは、いただきま――」

「ここか、杏」

勝手口を開けて真が入ってきた。

白い上衣の腕には、格子柄の布を被せた籐の籠をかけている。

「おはようございます。どうなさいましたの？」

「お前が母屋の厨房から乾いたパンを強奪していったと聞いて、心配した兄貴に様子を見てこいと言われた。料理当番に朝食を用意してもらえなかった口か。寮母になって脅迫状の犯人を見つけ出すなんて、無謀だったようだな」

「あいにくですが、わたくしは団員の皆さんに受け入れられましたわよ。このおいしいコロッケもどきでね！」

　調理台に籠を下ろした真は、疑り深げに小皿を睨む。

「このためにパンを持っていったのか……。じゃがいもにパン粉をまぶして油をかけたようだが、朝からそんなものを食わせたら、いくら団員が若くても胸焼けするぞ」

「揚げてはおりませんわ。味付けしたパン粉を炒って振りかけたのです。見た目だけでなく、味もばっちりですのよ」

「ほう？」

　真は、匙でコロッケもどきを掬い上げると、ひょいと口に放り込んだ。

　さっくりした食感とカレー風味の味わいに、頬を膨らましたまま目を丸くする。

「……うまい」

「でしょう？　自信作なので、また振る舞おうと思っています、の――」

　何気なく小皿を見下ろした杏は衝撃を受けた。

　わずかに残っていたコロッケもどきが、真の味見でなくなってしまった！

「酷いですわ、真様。女学生は霞を食べて生きている訳ではありませんのよ。わたくしの朝ご飯を返してください！」

「油断したお前が悪い。こっちを食えばいいだろう」

真は籠に被せていた布をめくった。なかには、色よく焼き上がったパンが、杏《あんず》や苺のボイルジャミの瓶、銀紙に包まれたバタを中心にして、ぎっしり詰めこまれている。

「パンではありませんか！　わたくし、木村屋《きむらや》のあんパンと杏のジャミパンが大好きですのよ。個人宅で焼けるものですのね」

「この家はビスケット窯があるから生パンが作れるんだ。厚切りのは食パン、胡桃と干し葡萄のスヰートパン、粉がついているのは流行りのフランスパンだ。好きなだけ食え。バタや甘いジャミもあるぞ。どれにする」

「全部いただきますわ」

全種類のパンを皿に積み上げて椅子に腰かけた杏は、食パンに苺のジャミを塗ってかぶりついた。

ふわふわで、甘みがあって、小麦の豊かな味わいが口いっぱいに広がる。

「んん～おいしい！」

「……俺も食う」

干し葡萄のパンを手に取った真は、杏が栗鼠《りす》のように頰を膨らまして味わう様を、作業台の向こうからじっと眺めた。

その視線は珍獣を観察するように遠慮がなかったが、杏は気にせずに胃を満たした。

「さて、次はお掃除だわ」

杏は着物の袖を襷掛けにして寮を歩いていた。

洗濯もしなければならないが、寮のあちこちに立ち入る口実がほしい身としては、こちらが優先だ。

真琴とカレンをはじめ、ほとんどの団員は朝から劇場で稽古に励んでいるので、人目を気にせずに調査が出来るのはありがたい。

しかし、屑入れを漁っても稽古場に忍びこんでも、有力な手がかりは見つからない。

「問題は、脅迫状がどこにでもある便箋と切り抜きで出来ていることですわね。筆跡鑑定は不可能ですもの。切り抜いた跡のある雑誌でもあれば、誰が作ったかはっきりするのですけれど……。そんなもの、残しておく方がおかしいでしょうし」

ぼやきつつ書庫にはたきをかけていく。

寮の清掃は団員が手分けして行っているが、こういうところは男所帯というべきか。大まかな掃除がなされているように見えるが、床板と巾木の境目や目に付かない棚の上段は、埃が積もって白くなっていた。

「調査のごまかしのためのつもりだったのだけれど。どの部屋も掃除が行き届いていないから、やり応えがありますわ」

　そう呟きながらひとしきり埃を落とした杏は、床を清めようと食堂から持ってきた出がらしのお茶っぱをまいた。これを掃いてゆくと、埃が茶殻にからんで舞い上がらずに集められるのだ。

　箒を動かしながら前進する杏が部屋の端に行ったところで、突然、床が抜けた。

「ひゃあっ」

　杏の体は傾いだ。支えてくれる男性がいたら絵になっていただろうが、近くにあるのは長箒のみ。引き寄せられるどころか支えにもならない。

（倒れてなるものですか）

　踵に力を入れて、重力に負けじと背をそらせる。すると、体勢は見事に立ち直った。

　ほっと息を吐いたが、床板の方は完全に外れて立派な梁《はり》があらわになっている。

「わたくしが重いんじゃなくってよ。きっと板が腐ってしまっているのだわ」

　屈んで床板を持ち上げた杏は、その下に隠されていた本を見つけた。

　布装丁で厚みがあり、手に取るとずっしりと重い。

　写真を保存しておく綴り冊子のようだ。

「元から釘が外れていて、誰かが秘密の隠し場所として使っていたのね」

　自分の体重が原因でなくて安堵した杏は、しっとりと被った埃を拭って表紙を開く。

　その拍子に、間からひらりと一枚の紙がすべり落ちた。

「これは……？」

拾い上げたのは、古びた大判の写真だった。暗褐色《セピア》に浮き上がった画は、この寮を背に、十五人ほどの少年たちが二列に並んでおすましている姿だ。

真ん中に人の好さそうな紳士がいて、左側には漆黒の三つ揃いを着た真琴が、右側にはギリシア風の肩が出たドレスを着たカレンがいる。

「記念写真かしら。真琴さんもカレンさんも、今より幼くて可愛らしいこと」

この冊子を隠したのは、この写真のなかの誰かかもしれない。

手がかりを探して目を凝らした時、柱の振り子時計がぽーんぽーんと十一回鳴った。

「こうしてはいられないわ」

調査するべき部屋は他にいくらでもある。

過去に思いを馳せていないで寮内を調べ上げなくては。

杏は、写真を懐に入れて、さっさかと箒を動かしはじめた。


——その日の午後。

杏は音楽室の窓際に座っていた。

支配人として、この春から入団した団員のための特別講座を観覧するのである。

新入りは五人。繊細な顔つきの者も、背の高い男前も、一様に緊張した面持ちでピアノに座る指導者の声に耳を澄ましている。

まずは基本の発声練習から。ただ単に声を出すのではなく、喉を痛めずに舞台から会場へ台詞を届けるための呼吸法から教わっていく。

肺で息を吸うのではなく、横隔膜より下に空気を入れる腹式呼吸というものだ。息をしっかり吸うと背中側が膨らむのだが、これが意外と難しい。

オペラの本場である仏蘭西や独逸《どいつ》では喉に力を入れて歌うが、日本人の団員は体が小さいので、同じ唱法では呼吸器に負担がかかりすぎる。

そのため、負担が少ない伊太利《イタリー》式のベルカント唱法が取られていた。

指導者が弾くピアノの音に合わせて、一人ずつ声を出す。カレンや真琴と比べると声量も伸びやかさも足りないが、指導者は根気強く教えていく。

彼は、歌劇団の経営が傾いていると知っていて、以前のような高い給金をもらえなくてもかまわないと残ってくれた一人だ。

(この歌劇団は、ほんとうにたくさんの人に支えられているわね)

「それではいけません。女性のように高い声を出すために必要なのは、力むことではなく力を抜くことです。今日はいいお手本がいるので実演していただきましょう。支配人」

「は、はい？」

「少し歌っていただけますか。下手でもかまいません。女性の音域というものを彼らに意識させるには、やはり女性本人に歌ってもらうのが一番よろしい」

そういうことならと、杏はピアノの前に移動した。

なめらかに弾かれる音階にそって歌い上げる。

「ラァ〜ラ〜ラ〜ラァ〜！」

自分ではだいぶ歌劇らしい抑揚が付けられたと思ったが、声が途切れた瞬間に、集まった練習生からクスクス笑いが漏れた。

「どうかしまして？」

杏が首を傾げると、彼らは口々に言った。

「だって、たるんだヴァイオリンの弦みたいな声を出すんだもん」

「音程もめちゃくちゃだ」

「話し声は高いのに、どうしてか歌うと野太くなりますね」

さんざんな評価だ。

杏は、恥ずかしさに赤くなる頰を押さえた。

「わたくし、才能がないのかしら？」

首を傾げる杏を、新入りたちは口々に慰めた。

「大丈夫。支配人には料理の才能があるから！」

「朝のコロッケもどき、とてもおいしかったですよ」

「きっといいお嫁さんになるね」

「うーん。褒められているのに卑屈な気持ちになってきますわね……」

料理の腕前を見込まれるのではなく、支配人として認められたいのに。

（まだ二日目だもの。結果を求めるのは早急というものよ）

心を落ち着けた杏は、その後も音楽室に下手な歌を響かせて、新入りの笑いを誘ったのだった。

「り、寮母のなんと過酷なこと……」

夕食の後片付けを終えた杏は厨房を出た。

一日みっちりと稽古に取り組んだ団員は、夜は朝の倍は食べるらしく、用意する量が尋常ではなかった。それなのに、材料は相変わらずじゃがいもくらいしかない。

夕食の当番まで茹でたじゃがいもに塩をかけて出すと言うので、杏は必死に止めて大衆食の定番であるライスカレーを作った。

明治期に発売された国産カレー粉で作ったソースでじゃがいもを煮込み、どんぶりによそった白米にかけて、漬物を添えれば一食になる。ほんとうなら他に玉ねぎや人参も入れるのだが、そこは節約しどころだ。

品数を増やすのは明日からである。そうしないと杏の体力が持たない。

一日の業務を終えて、すでに足元はふらついている。

音楽室で一生懸命に歌いすぎたのがまずかったようだ。

銭湯に出かけるという団員を呼び止めて真琴の行方を聞くと、彼だけ衣装の手直しのために呼び出されたという。

衣装室のある二階へ上がる。採寸を終えたらしい仕立て屋とすれ違ったので会釈を交わす。寮に出入りしている業者は少数なので、顔はしっかり覚えていた。

杏は、長い廊下の突きあたりの扉を叩いた。裁縫室という小部屋だ。

「真琴さん、いらっしゃいますか？」

返事はない。

無人なのだろうかと思いつつ扉を開けると、部屋の明かりは落ちていた。

白い布を張った衝立が淡い月光に照らされていて、その向こうに細い人影がある。

「あの……」

「動くな」

踏みだしてすぐに、背中を手で押さえられた。

「僕が採寸している間は、衣装室に近づくなと言ってあるだろう」

衝立の向こうの人影は、よくよく見ればトルソーの陰。

杏の後ろに立つこちらが真琴本人のようだ。

「伺っておりません。真琴さん、わたくしです」

「……杏ちゃん？」

驚いた声に合わせて、手が離れた。

「はい、杏です。調査の進展をご報告に――」

振り向いた杏は、足元に落ちていた布に滑って、そのまま真琴に向かって倒れた。

「きゃっ」

短い悲鳴は、杏ではなく、下敷きになった真琴のものだ。

びっくりした杏の手には、柔らかい膨らみがあった。

慌てて手を引き、体を離す。

わずかに開いた扉から漏れる細長い明かりに照らされていたのは、胸を巻いたさらしで潰した、無表情の真琴だった。

着替えの途中だったのだろう、羽織った上衣は釦《ボタン》が一つも留まっていない。

はだけた胸元から細い腰までが優美な曲線を描いている。

痩せ形ではあるが、丸みのある場所に丸みがある女性的な体形だった。

「……どいてくれる？」

「はっ、すみません！」

冷ややかに告げられて、杏はぎこちなく上体を起こした。

立ち上がった真琴は、扉をきっちり閉めると床に落ちていた外套を拾った。

怒っているのか、始終無言だ。

思わぬ事実に冷や汗をかいた杏は、声を上ずらせて言う。

「も、申し訳ありませんでした。悪気はありませんでしたの」

「別にいいよ。兄さんも、ある程度したら話すつもりだったろうから」

真琴は青白い月光が差し込む窓際に近づくと、外套をひるがえして肩にかけた。

「神坂真琴は芸名でね。僕の本名は神楽坂琴子《ことこ》。真の双子の姉だ。少年歌劇団のトップスターが女性だとは思わなかっただろう。驚いたかい？　それとも軽蔑した？」

秘密が露見したというのに臆する様子はない。

琴子はあくまで優位に立っていて、月光さえも舞台照明のように見せかける迫力があった。

杏はとっさに「いいえ！」と答えた。

「驚きましたが、軽蔑などいたしません。むしろ感動しておりますわ。わたくしは今日一日で、団員がどれだけ真剣に練習を熟《こな》しているか知ることが出来ました。その頂点に立つあなたはご立派ですわ！」

瞳を輝かせる杏に、琴子は王者の貫禄を保ったまま問い返す。

「僕のどこが立派だって？」

「あなたは女性でありながら、男性と肩を並べて活躍してらっしゃる。それは、とても偉大なこと、まさにわたくしの理想です」

杏は静かに目を閉じて、己の身を振り返った。

「わたくしは、空太郎様が便宜を図ってくださったから支配人になれました。けれど、あなたはご自分の意志でここへ飛びこんだ。とてつもない勇気が必要だったでしょう。女性であることを隠して日々を過ごすのに、お辛いこともあったでしょう」

男性だけの一団のなかで、女性だと露見しないように細心の注意を払っての共同生活だ。汗だくになる稽古の合間も肌をさらせないし、声は低く維持しなければならない。

努力で取り繕っても、どんな騒動が起こるか分からない。

いつ露見するかという緊張感に、杏なら一日だって耐えられないだろう。

「困難な状況を乗り越えて、あなたは帝華少年歌劇団のトップへと上りつめた。しかも女性らしさが求められる娘役ではなく、男役として。性別の垣根を越えて歌劇団を率いる、素晴らしい役者ですわ」

心からの感嘆を伝える。しかし琴子は少しも心を動かされた様子がない。

「立派に、偉大、素晴らしい、ね……。果たして、僕の本性を知ってもそう言えるかな」

「本性。つまり脅迫状を書かれたことですね？」

「……身に覚えがない」

琴子は否定したが、わずかにたじろいだのを杏は見逃さなかった。

懐から出した赤い手帖を開いて、差し込む月光にさらす。

脅迫状の素材や形状、発見状況などを事細かに記してある頁だ。

「脅迫状は、何の変哲もない白い便箋と、古雑誌の切り抜きで出来ていました。目撃者はおりませんから、すぐに証拠を捨ててしまえば疑われない。そんな状況なのに、わたくしは材料が一部屋に、しかも揃えて置いてあるのを発見しました。カレンさんの自室です」

日常的に手紙を書くというカレンは便箋を持っている。

そして、活版印刷された文字で埋め尽くされた古い少女雑誌もあった。

「今日の午前中に、カレンさんの部屋にあった古雑誌を調べましたの。見事に脅迫状と同じ文字だけが、綺麗に切り抜かれていましたわ」

「カレンの部屋で証拠を見つけたのに、なぜ僕を疑うの？」

「古雑誌が机の上に載せてあったからです」

はっきり答えると、彼女は「そんな理由で？」と眉根を寄せた。

「ええ。雑誌は月刊誌でちょうど一年分の十二冊がありました。あんなに重ねていたら、かさばって手紙を書くのに邪魔でしょう。けれど、カレンさんは、あえて机の真ん中に載せていた。それを見てわたくしは思ったのですわ。〝これは誰かからの預かり物ではないかしら？〟と」

杏も、咲子から借りた本は、汚さないよう気を遣って文机の真ん中に載せておく。

同じように、犯人から何らかの理由で古雑誌を預けられたカレンが、床でなくあえて机の上で保管していた可能性は高い。

「犯人は、切り抜きのある少女雑誌が近隣で見つかった場合、己に疑いの目が向けられると考えて捨てられなかった。誰に疑われるかといえば、自分を女性だと知っている親しい人たち……家族からです」

「悪いけど、それだけで犯人を僕と断定するのは横暴だ」

「それ以外にも理由はありますわ」

杏は手帖をめくって、雑誌の詳細を書き留めた頁を開いた。

「雑誌の日付は七年前でした。カレンさんは貧しい農家の出身。そんな昔に、少女雑誌など買い集める余裕はあったでしょうか。身一つで帝都まで来て、私物をほとんど持たないはずの彼が、後生大事に雑誌をかかえているというのは不自然ですわ。それに、トップ娘役であるカレンさんはあなたが女性であることを知っているはずです。トップスターと舞台上で抱きしめあう役柄ですもの。あなたから少女雑誌を預けられても不自然には思いませんわ」

最後を強調して言うと、琴子は物憂げに頬杖をついた。

「カレンの部屋で雑誌を見つけて、ここで僕の性別を知っただけで、そこまで推理するなんてね。僕は、脅迫された当人で、雑誌があっても読まないカレンの部屋こそ安全だと思って預けたんだけど……。次に脅迫状を作る時はくれぐれも気をつけるよ」

「あんな怖い物、もう見たくありませんわ。脅迫状には、支配人を即刻辞めるように書かれていましたが、そんなにわたくしのことがお嫌ですか？」

「受け入れられない。ただでさえ潰れるか否かの大事な時期なのに、どうして経営初心者の女学生になんて従わなくちゃならないの。脅迫して追い出せば、兄さんもまともな大人を支配人に迎えてくれると思ったのさ」

「そうだろうと思っていましたわ」

青春時代をかけて舞台に立つ団員たちのトップが、無責任にすげ替えられた支配人に対して不満を持つ気持ちは分かる。

ましてや、相手が女学生——女子どもであればなおさらだ。

杏が脅迫状を見て内部犯だと察したのは、彼らに反意が募ると見越していたからである。今回の脅迫は、実際に行動を起こしたのがトップスターだっただけ。他の団員も多かれ少なかれ杏を目障りに思っていた状況なので、誰でも犯人にはなり得た。

「真琴さん……いいえ、団員の皆さんと同じく『お琴さん』とお呼びしても？」

「愛称で呼び合うような間柄ではないと思うけど、まあいいよ。好きにすれば？」

唐突に何を言い出すのかと、琴子は若干気抜けして答えた。杏の方はそれすらも嬉しそうにはにかむ。

「ありがとうございます。お琴さん、わたくしは遊び半分で支配人になった訳ではございません。帝華少年歌劇団を立て直すために死力を尽くします。信頼してくださった空太郎様のために。守ろうと必死なあなたのために。そして、何より己の決意を裏切らないために」

「今までご高説を垂れておいて、結局は自分のためだっていうの？」

「誰だってそうでしょう。みんな、自分が望む自分になるために戦っているのですわ。女学生だって、少年だけの歌劇団でトップスターを務める女性だって、根っこのところは変わらないはずです」

　杏は強い瞳で一息に言いきった。

　琴子は、杏が少女にあるまじき闘魂を携えてきたと感じたようで、しばしの逡巡の後に唇を噛んだ。

「僕はいったい何をやってんだろうね……。こんな風に明らかになったら、もうここにいる資格はないのに。僕はどうなる？　歌劇団から追放かい？」

「いいえ。あなたには、否が応でもここにいていただきます」

「え？」

　呆ける琴子とは対照的に、杏は、話はここまでと示すように手帖を閉じた。

「このことは二人だけの秘密にいたしましょう。脅迫状は、どこかの誰かの悪ふざけという結末にします。真相は空太郎様にも報告しません。ここでお開きです」

「そんな無茶な……。何より君の気持ちはどうなの？　脅迫状を作るような人間がトップスターを務める歌劇団の支配人だなんて、嫌じゃない訳？」

「いいえ、まったく。むしろこれは、お琴さんがどれだけ帝華少年歌劇団を大切にしてらっしゃるか知るための試練だったと感じておりますわ。何より、あなたがいなければ公演は出来ません」

　今ここでトップスターを失えば、いかに杏が敏腕経営を繰り広げようと、歌劇団の人気を確立することは出来ない。

正義より実利を取る杏を、琴子は意外そうに見つめた。

「君は歌劇団のためなら、罪も許容するつもりなの？」

「わたくし、損得勘定は得意なのですわ。これでわたくしたちは共犯です。歌劇団のために、一緒に頑張りましょう」

杏が屈託なく笑う。琴子はしばらく黙っていたが、やがて小さく微笑んだ。

「……うん。よろしく」

柔らかい月光に浮かぶ神坂真琴という役者が、この時ばかりは、とても女性的に見えたのだった。


脅迫状の犯人を突き止めて、真実を闇に葬る決心をした夜から一週間が経った。

曇りの午後に、杏は真と数寄屋橋《すきやばし》を渡って銀座に繰り出した。

俗にいう銀ぶらだ。明治五年の大火をきっかけに西洋技術を取り入れた煉瓦築造ビルヂングが立ち並ぶようになったこの辺りは、女学生の憧れである。

空をまたぐように渡された電線や点々と立てられた瓦斯燈《ガスとう》。街路樹の柳が季節を問わず色を添え、路面電車の脇を走る二頭立ての馬車がより異国風情を盛り上げている。

見た目だけでなく香りもいい。洋食店の前を通れば濃厚な葡萄酒が、果物屋からは輸入品だという珍妙な果物が薫り、舶来パンの店は香ばしく好奇心をくすぐる匂いがする。鞄屋も時計商も家具店もこぞって舶来品を店先に置いて通行人を引き寄せるが、女学生はそんなものでは釣れない。

彼女たちが今夢中なのは、資生堂《しせいどう》薬局の奥にあるソーダファウンテンだ。そこでソーダ水にアイスクリームを浮かべた飲み物に舌鼓を打った者は羨望の的になる。

そんな楽しい街を、どうして仏頂面の真と二人で歩いているのかというと、修繕を終えて再開場する帝華劇場の、こけら落とし観劇に着る杏のドレスを仕立てるためだ。

――支配人たる者、ふさわしい服装で舞台を見守るべき。

この格言は、空太郎の前の支配人である故・神楽坂幸太郎《こうたろう》子爵の教えである。

杏は、ドレスを仕立てるのは初めてで緊張したが、店員に寸法を測ってもらい、好みの生地と型を選んで終わりだった。

ドレスは、型に合わせて裁断した生地を仮縫いし、人が着られる形に組み立ててから試着して微調整し、本縫いしてようやく完成するらしい。

裁ち方を工夫して何度も仕立て直せる着物に比べて、贅沢な衣だ。

ちなみに仕立代は、空太郎の私費から支払われる。

歌劇団の運営費を使うようなら手持ちの振袖で十分だと思っていたが、装いを整えるのも支配人の義務だと琴子に説得されて、ありがたく甘えることにした。

神坂真琴の正体について、彼らにちょっとだけ八つ当たりしたい気持ちもあった。

「お琴さんが女性なのをわたくしに隠してらしたのね。空太郎様も真様も、カレンさんも口裏を合わせて」

つんとむくれて言うが、背広とハンチング帽を身に着けて隣を歩く真には、ちっとも悪びれた様子がなかった。

「共謀はしていない。それぞれの判断だ。琴の性別は歌劇団にとって最大の秘密だ。俺と兄貴と星宮、それに琴の衣装を仕立てる業者しか知らない。他の団員に知られたら、今まで築いてきた信頼が崩れる。そうなれば歌劇団は解散せざるを得ない。それを背負う覚悟がお前にあったか？」

「覚悟ならとうにしておりますわ！」

杏は、きっと眉を上げて反論した。

「申し上げておきますが、わたくしは口に蓋が必要な少女ではありません。帝華少年歌劇団の支配人です。したがって、劇団に関する秘密はいっさい口外しないと約束します。小指をお出しになって」

「小指？」

真が出した左手の小指を、杏は自分の小指で摑んだ。

「はい、指切りげんまん。破ったら、針千本のみますわ」

懸命に腕を振る杏に、真は苛立った視線を注ぐ。

「……お前、ほんとうは馬鹿なのか？　それとも俺を馬鹿にしているのか？」

「指切りのどこが人を馬鹿にしているというのです」

「天下の往来で、指を絡ませる男女を世間はどう見る」

「からませる？」

節度のない発言に仰天した杏は、自分が衆目を集めていると気づいて赤くなった。

行き交う人々は、向き合う杏と真に、けしからんと言いたげな視線を向けてくる。

「わたくし、つい夢中になって……」

真は、杏があたふたする様子を、意地悪に観察してから指を振りほどいた。

「忘れてないか。お前の本分は、脅迫状の犯人捜しでも寮母でもなく歌劇団の経営だ。公演はもう来月だろう。どこの新聞を見ても広告は載ってないが、切符はさばけたのか？」

「切符はまだですが、広告はきちんと出しておりますわ」

気を取り直した杏は、本屋の軒先に積み上がっていた雑誌を取り上げた。

「どうぞ。『帝都《ていと》乙女《おとめ》』ですわ」

それは、高畠《たかばたけ》華宵《かしょう》の装丁画が美しい少女向けの雑誌だった。

流行の服装をいち早く紹介し、女学生と上級生のエスを麗しく表現した少女小説が載っている、少女のための健全な読み物だ。

「思い切って訴えかける層を変えようという戦法なのです。これまでは経済紙で、資産家の男性を狙っていたようですから。ご覧になって。ここの頁ですわ」

杏は、自信ありげに歌劇団の広告頁を広げた。

見開きいっぱいに『新公演は怪人と歌姫のせつない悲恋！』と大々的に印字されている。

恋の文字だけ周りをハートの装飾で囲っていて、目立つこと請け合いだ。

「帝華少年歌劇団には、少年だけでの構成という危うい個性がありますわ。若さと物珍しさは人を惹きつける鍵になりますが、それだけでは経済紙を読むような資産家は来てくださらないでしょう。彼らにとっては高額な帝劇での観劇こそが大事。それ以外の場所で催されるのは帝劇の真似事でしかありません。では、わたくしのような年齢の、多感で、新しい物を否定しない、若い世代に向けて発信してみたら？　きっと、興味を持ってくださるわ」

このために、杏は今まで新聞にあてていた広告費を回した。

どちらも同じ出版社だったので、広告の移行は円滑に進んだ。

手がかかったのは、絵の一つも入れずに公演題目と日時を書いただけの文面から、若い女性向けを念頭に置いた魅せる広告への大転換だ。

「休学中ではありますけれど、わたくしも女学生ですもの。まだ世間ずれしていない少女たちが神秘的で美しい異性にすこぶる弱く、自分と同じくらいの年齢の登場人物が恋に落ちる筋書きであれば、なおさら興味をかき立てられると知っておりますわ」

少年歌劇の強みはこれだ。

日常では接することのない男性を、舞台下から安心して好きなだけ眺められるし、我が身では体験出来ない華やかな恋を追体験出来る。

杏が神坂真琴に一目ぼれしたように、たくさんの団員のなかから贔屓《ひいき》の役者を見つけるのもまた楽しい。

大人とは違った舞台の楽しみ方が出来るのが、今回の広告対象である若い女性なのだ。

斬新なハートの装飾に面食らった真は、信じられないといった表情で誌面を睨む。

「いつの間に手配した……。お前は、寮母として毎日忙しくしていたはずだ」

「稽古の手伝いに出た日に、公演切符の意匠を担当してくださっている装丁画家さんと会いましたの。その際に少女雑誌への広告を依頼していたのですわ」

「初対面で、依頼までしたのか？」

「はい。がっつりと」

杏は太陽のごとき笑顔を見せる。

広告への自信を目いっぱい表現したつもりだったが、真の評価は手厳しかった。

「すさまじい行動力は褒めたいが、これは失策だ」

上出来だと思っていた杏は、丸い瞳をさらに大きく見開いた。

「どうしてそう思われますの？　いい案だと思いませんこと？」

「女学生なのに分からないのか。この雑誌を読むような少女たちが、一人で劇場まで来ると思うのか？」

「あ……」

真の指摘によって、杏は支配人としてではなく、本来の少女らしい観点を取り戻した。

杏は面白そうな催しがあれば一人でどこにでも行く。

けれど、咲子や他の女学生は、保護者や婚約者に観劇の内容と日取りを報告して、許可をもらって出かける。少女が見るにはふさわしくない舞台もあるし、劇場の周りには不良連中がたむろすることも多いため、裕福な家の娘たちは過保護に見守られているのだ。

「歌劇は、製品を売りさばく商売とは根本的に違う。年頃の娘は、この広告を見て帝華少年歌劇団に興味を持ちこそするが、そこで終わりだろう」

「今さら言われても。今回の広告費は全て使ってしまいましたわ……」

杏はうな垂れた。

これから冴えたひらめきが下りてきても、先立つものがなければ無力である。

真は、それ見たことかといった風に語る。

「お前でなくても難しい舵取りだ。歌劇は舞台芸術だが、運営するためには金が必要だ。芸術性を重んじれば商売がおろそかになる。商売だと割り切ってしまえば劇団の印象は悪くなる。相反している要素をどうやってすり合わせる？　不可能だろう」

その時、店の奥からゴホンとわざとらしい咳が響いた。

見れば、丸眼鏡をかけた本屋の主人が、文句ありげな目でこちらを凝視している。

彼が指さした軒先には、立ち読みお断りの張り紙があった。

「これだけ買っていくぞ。店先で遊ぶと邪魔になる」

手早く代金を払って戻ってきた真は、杏に歩くよう促した。

「失策は失策だが、今までとは違った方向へ広告を出すのはいい考えだ。もう少し幅広い層に的を合わせる必要はありそうだがな」

「とはいっても、公演まであまり時間がないのも事実ですわ。どうしましょう……」

悩む杏の足は遅くなった。

以前とは違って、真は勝手に先へ進まない。考えこむ杏の横顔を黙って見つめている。

隣り合う二人を置き去りにして、人波は前へ後ろへ流れていく。

巷にはこれだけの人間がいるのに、帝華少年歌劇団の知名度は低い。

逆を言えば、まだ知らないということは、これからの告知次第で劇場に足を運んでくれる可能性があるということだ。

広告料をかけずに行える、魔法のような宣伝法があったなら。

誰もが振り返るような、革新的な方法で人々に知ってもらえたなら。

「帝華少年歌劇団の運命は良くなっていくはずですのに……」

「お、そこにいるのは神楽坂の小僧――じゃなかった、子爵殿の弟君じゃないか！」

思考を邪魔したのは、大仰なしわがれ声だった。

声の主を目にした杏は、嫌悪から顔をしかめる。

「小澤殿……」

「その横にいるのは噂の少女支配人！　なよなよした少年が集まった歌劇団なんか預かりおって。どうせろくな広告も打てていないんだろうなぁ」

「広告はちゃんと打っていますわ。大きなお世話です！」

厭みったらしい言葉に、杏は、思わず持っていた雑誌を投げつけかけたが、察知した真に取り上げられてしまう。

「彼女はよくやってくれています。本日は、広告が載ったこちらの雑誌の店頭での売れ行きを確認に参りました」

真は硬い声でうそぶいて、例の頁をずいっと出した。

「お一つどうぞ。次の公演の告知です」

誌面に広がった愛らしい宣伝に驚いて、小澤はびくりと手を引いた。

「な、何だ、この装飾過多な、気色の悪い誌面は！」

「珍しいですね。小澤翁ともあろう方が、少女雑誌ごときに怯えられますか？」

「怯えなどせんわ！　見慣れなかっただけじゃ！」

負けず嫌いの小澤は、真の手から雑誌をひったくって誌面を盛大にこきおろす。

「なぁにが恋だ！　こんな浮ついた宣伝で、客が来るとは思わん方がいいぞ。儂のように高等な舞台芸術に通じる玄人は、もっと煩雑な人間模様を舞台に求めるのだからな！」

「お言葉ですが、翻訳上映されて大入になった『サロメ』は一途すぎた恋の話。『カチューシャの唄』で有名なトルストイの『復活』も悲恋の物語です。多くの劇は恋愛がなければ成立しません。男性しかいない帝華少年歌劇団では、そのために娘役がおります」

真の口から流れ出る淡々とした説明に、杏は感心した。

歌劇団にまったく興味がないような顔をしながら、よく勉強している。

もしかしたら空太郎より詳しいかもしれない。

正論で全否定された小澤は、尖ったビリケン頭から湯気が立ちそうな勢いで怒鳴る。

「おのれ、この小僧めが！　儂を誰だと思っておるのか！」

「山樂会の社長殿です。ここにいる支配人から、改装こけら落とし公演の招待状を送らせていただきます。もちろん兄との連名で。子爵のお誘いをお楽しみに」

真が念を押すと、小澤は口元をぐぬぬと歪ませて、雑誌を地面に叩きつけた。

そして「覚えてろ」と小物臭い捨て台詞を残して去っていった。

「ああいう手合いは権威には逆らえない。もしまたこんなことがあったら、遠慮せずに兄貴の名を出せ」

「はい……」

「いつもの威勢はどうした。気になることでもあったか？」

「真様も華麗なる一族の一員なのだと再確認しただけですわ……」

急場の落ち着きようといい、恫喝にひるまない態度といい、やはり平民とは違う。

「勘違いするな。家柄と人間性は関係ないものだ。気弱な華族だっているし、分家にもかかわらず権威を振りかざす愚か者もいる。俺は華族だが、お前には敵わない」

「わたくしより、ご自分の方が弱いとお思いですの？」

「ああ。後先考えずに雑誌を投げつける度胸は、俺にはない」

雑誌を拾い上げた真は、砂粒を丹念に払い落として、杏の手に渡してくれた。

「今の時代、女はどうあがいても腕力や権力、財力で男に敵わない。その分、男にはない度胸と発想力で圧倒しろ。兄貴がお前を支配人にしたのは、そういう理由があるんじゃないのか」

「男性では考えつかないことを……わたくしが」

杏は、ひるみそうになった胸の上で、手をきゅっと握る。

ここにある熱意だけは誰にも負けない。

夢見がちだと笑われるだろうけれど、杏は奇跡を起こせると信じている。ほとんど起こらないから奇跡と呼ぶなんて詭弁は耳に入らない。

たとえ入ってきたとしても、都合の悪いところは無視出来るのが若さだ。

「わたくし、帝華少年歌劇団に良い風を吹かせてみせますわ。絶対に」

「……期待してる」

真の口から素っ気ない返事が聞けた。

その後、二人は日本橋まで足を延ばした。

「おい来たぞ」

通りの隅でたむろしていた男性の声が耳に入ってきた。

騒ぎの方を見れば、荘厳な石造りの百貨店から数名の美女が出てくる。

英国製の二頭の獅子像が出迎えるここは日本橋三越。『今日は帝劇、明日は三越』で有名な富裕層向けの巨大デパートメントである。

地下一階地上五階建てのカーテンウォール式鉄骨造で、内装はルネサンス様式であり、屋上庭園や茶室、音楽室を備えている。最新式のエスカレーターやエレベーター、全館暖房を備えたことでも話題になった。

白いブラウスと紺色のジャンパースカートという洋装は、百貨店の女性店員だけが着られる制服だ。

店の顔であるためか、しっかり化粧した美女が多い。すれ違うだけで、舶来品の香水やバニシングクリームが薫る。

大人びた雰囲気に杏はドキドキしてしまった。

「歩いているだけなのに、あんなに注目されるものですのね」

「美人揃いだからな。俺だって近くにいたら、嫌でも見てしまう」

普段は何にも興味を持たない真が美女の方に顔を向けたので、杏の胸がもやりとした。

「美しいだけで宣伝になるなら、帝華少年歌劇団だって負けておりませんことよ」

しかし、こちらは社会的には珍しい少年だけの歌劇団だ。個性だけで勝負しては、先ほどの小澤のように、ひ弱な少年の集まりだと穿った見方をされる心配がある。

目立つだけでは駄目なのだ。少年だけでも素晴らしい歌劇は見せられると、大勢の人に理解してもらわなくては。

考える杏の耳に、陽気な鐘の音が入ってきた。

音階がついていて、明るい旋律になっている。

音の出どころはあるビルの正面にしつらえられた大時計だった。盤面が割れてなかから人形が現れるという、最新式の絡繰《からく》りだ。

その音色に誘われて、通りを歩いていた民衆の視線が動く。

何人かは初めて目にしたらしく、指さして喜んでいる。

美人に、音楽。それに、踊り。

杏の脳裏に着想のほうき星が降り注いだ。

「わたくし、ひらめきましたわ！」


その日は、絶好の広報日和だった。

花もこぞって咲きそろう麗らかな春の街。

例の百貨店の前には、色とりどりの洋装を着たお団子髪《シニヨン》の少女たちが立っている。

奇妙なのは、彼女たちがまったく動かないことだ。

美術館の彫像のように、腕を伸ばしたり彼方を見つめたりしながら静止している。

「お母様。あれは何？」

「さあねえ。まるで、お人形のように綺麗ね」

幼い子どもと母親が、楽しいことが起こる予感に足を止める。

そんな人々は老若男女問わずに増えていき、やがて大きな群衆になった。

予感が最高潮に高まった時、絡繰り時計から十二時を知らせる鐘が鳴った。

その瞬間、氷の魔法が解けるように少女たちが動いた。

一歩踏み出し、天に左手を伸ばす。

続けて、スカートを円く広げる優雅な回転《ターン》。

裾が螺旋を描いて体にまとわりつく頃には、鳴り出した陽気な旋律が、心弾むような踊りを先導していた。

踊り子は、全て帝華少年歌劇団の娘役である。

可憐なピルエットに吸い寄せられるように、群衆に紛れていた男役の団員が近寄り、踊りの輪はさらに大きくなった。

歌劇団の心は一つ。一糸乱れぬ足取りは、まさに圧巻だ。

絡繰りじかけの音階の頂点を合図に、踊り子たちは、大輪の花が首を垂れるように身を伏せた。

自然と開けた視界。

その中心で踊るのは、歌劇団の顔である神坂真琴と星宮カレンだ。

二人が身に着けている黒い外套と真っ白なドレスにだけ、赤い薔薇《ばら》があしらわれている。

群衆は彼らが主役だと理解して、注目する。

くるりと離れるカレンの長手袋をはめた手を、琴子は強引なしぐさで引き寄せる。

一瞬だけ、間近で見つめ合う二人。

それを目の当たりにした観衆の女性たちは、うっとりと息を吐いた。

台詞がなくとも、二人が恋に落ちる運命なのは伝わる。

再び体を起こした踊り子と主演の二人は勢いづき、ついにコーダの盛り上がりを見せる。

だが、楽しい時間は長くは続かない。

弾む指先と華やかな足取りは、大時計の音楽が止むとぴたりと止まった。

すかさず琴子が、大仰な身振りで片手を上げる。

「ご観覧ありがとうございました。帝華少年歌劇団、新公演の『歌劇場の怪人』を、よろしくお願いいたします！」

踊り子たちがさっと琴子とカレンのもとへ集まり一斉に礼をする。娘役は深く膝を曲げて腰を下ろす歌劇団式のおじぎだ。すると、群衆から大きな拍手が上がった。

「素晴らしい！　何だい、これは！」

「帝華少年歌劇団ですわ」

そばでなりゆきを見守っていた杏が告げると、はやし立てていた若者は目を丸くした。

「ていか……何だって？」

「少年歌劇団。実は、踊っていたのは全員少年なのです」

「全員!?　あの白いドレスの子もっ？」

「ええ。美しい少年たちが、男役と娘役に分かれて楽しい歌劇を見せますの。近く新公演を興行いたします。ぜひ帝華劇場へお越しくださいませ」

衝撃を受けている若者に、杏は満面の笑みでビラを押しつけた。

若者が受け取るのを見て、

「こっちにも！」

「私も！」

「友人に渡すから二枚ちょうだい！」

と、手が次々に差し伸べられ、腕がなえるくらい重かった紙束は、あっという間になくなってしまった。

周りを見ると、ビラ配りに協力してくれた従業員たちの手にも残っていない。

福田は特に熱心で、配り終えたにもかかわらず、ビラを手にした人を呼び止めては、この歌劇団の魅力を熱く語っている。

「これは、成功といえるのではないかしら？」

杏が考え出した街頭宣伝円舞は、大声援のなか幕を下ろした。

第四章　怪盗、怪人、二面相

「うふふ」

仕立てあがったばかりの桜色のドレスを着た杏は、堪えきれずに肩を震わせた。

見渡す限り華やかに着飾った人で溢れているここは、帝都ホテルの小宴会場。

新公演を記念する宴会を、貸し切りで催している最中なのだ。

主な客は、財界人や広告代理店の上役である。

今までは、帝華少年歌劇団に見向きもしなかった大人が、杏が行った前代未聞の街頭宣伝を聞きつけて、興味を持ってやってきた。

杏が空太郎に連れられて挨拶に回ると、少女が支配人を名乗ることに誰しも驚き、そして大いに褒め称えてくれた。なかには出資を考えていると申し出てくれた資産家までいた。

なぜなら『歌劇場の怪人』の初日が、大盛況の内に終わったからだ。

街頭宣伝の効果もあり、公演切符は完売し、立ち見まで出た。

残念ながら女学生たちの姿は少なかったが、親子連れの観客は割といた。あらかた、『帝都乙女』に掲載した広告を見た娘にせがまれてやってきたのだろう。

新規のお客様たちは、少年歌劇をまったく新しい娯楽として捉え、男らしくないなどといった偏見なしに舞台を楽しんでいた。

帝華少年歌劇団の公演で立ち見が出るのは異例のことで、琴子もカレンも、そして杏の手腕に疑いを持っていた団員たちも大喜びしてくれた。

この客入りなら、積もり積もった赤字が黒字に転じる日も近いのではなかろうか。

杏の帝華少年歌劇団の支配人としての日々は、怖いぐらいに順調に進んでいる。

グラスを手にしたまま笑いの止まらない杏に、隣の真は呆れたように吐息をこぼす。

「ミルクで酔っぱらったのか。器用なやつだな」

「飲み物ではなく、成功に酔っているのですわ。あなたはいつも一言多くてよ」

杏はちらりと彼を見た。

堅苦しい軍服姿で、黒い拵えの西洋剣《サーベル》を腰から下げている。

「せっかくの宴会なのに、どうして仰々しい格好をしてらっしゃるの？」

「軍服は軍人の正装だ。式典に出る際は着用を義務づけられている」

「帯刀までするのは行きすぎだわ」

「許可は取ってある。怪人に備えてだ」

真は、脅迫状を作った犯人を知らない。

杏が真実を握り潰してしまったから、警戒するのも無理はなかった。

「怪人は、もう出ないと思いましてよ」

「どうしてそんなことが分かる。これからの公演中に出る可能性も――」

「分かるのですわ。女の勘です」

得意げに言い切ると、真は疑り深そうに目をすがめた。

「その口ぶり……。お前、脅迫状の犯人を見つけたんじゃないだろうな？」

「何のことかしら？　あ、向こうの西洋菓子《アントルメ》がおいしそう」

誤魔化しかねて杏は逃げ出した。真は諦めずに追いかけてくる。

「誰がやったんだ。動機は何だ。なぜ俺に隠す。あと――ぶつかるぞ」

「きゃっ」

逃げるのに夢中で進行方向を確認しなかった杏は、客の一人に派手にぶつかった。

「おおう？　またお前か、小娘！」

よろめいた相手は、山樂会の小澤だった。

手にした酒がすっかり回っていて、首元から頭の先まで真っ赤に茹で上がっている。

「こけら落とし公演は盛況だったらしいな！　今回はほどほどに客を集めるのに成功したが、次はどうなるか分からん。楽しみだのぅ！」

「そんなことをおっしゃっていいのかしら。劇場が使われなくなったら、困るのは月々の賃貸料を徴収しているあなたたちですわよ」

「小娘に心配なぞされる覚えはないぞ。儂らは商売上手なのでなぁ。お前のところとは違って、これなら腐るほどあるわい！」

強気に言い返した杏に、小澤は親指と人差し指で円を作ってみせる。

お金のことらしい。

「たしかに、わたくしたちは資金繰りに余裕がありませんわ。けれど、これから変わります。帝華少年歌劇団の興行が軌道に乗ると、今日の門出で確信出来ました」

少年ばかりのお遊戯劇団と舐めていた観客たちのほとんどが、幕が上がった途端に、舞台上で紡がれる物語に夢中になった。

　杏は、関係者席でそれらを観察して、成功を肌で感じたのだ。

「素人の考えそうなことじゃな。芸事ははじめの人気を継続させるのが難しいのよ。簡単に経営出来るなら、歌劇団なんて世に有り余るほど出来とるわ！　なあに、潰れることになっても心配はいらんぞ。男といえどみな美しい団員。貰い手はたくさんあるわい」

　そう言って小澤は、ぞっとするほど厭らしい笑みを浮かべた。

　固まる杏の肩に、小澤の腰巾着であるしゃくれ男が腕を乗せてくる。

「お前もそうなるぜえ。でも平気そうだなぁ。どうせ体を使って子爵に気に入られたんだろう。団員と一緒にカフェーで酌するくらい何でもないよなぁ？」

「何ですって……」

　杏は、怒りと屈辱に奥歯を噛んだ。

　懸命に歌劇に取り組んでいる団員を侮辱された。

　汚らわしい誘惑によって支配人になったと決めつけられた。

　体中の血液が沸騰して頭に集まる。

　重要な客人もいるこの場で、暴力なんていけないと思うのに我慢出来ない。

「この――無礼者っ！」

　思い切り腕を上げて、刀でも振るうように勢いをつけて振り下ろす。

　パチン、と派手な音が響いて、手の平に破裂するような痛みが走った。

「あ……」

杏は、目を見張った。

思いきり叩いた頰はしゃくれ男のものではなく、間に入った真のものだった。

彼は衝撃で横を向いたが、すぐに黒い瞳だけ戻して囁く。

「自分が何者か思い出せ」

そして西洋剣の柄に手をかけ、しゃくれ男を睨みつける。

「無駄口しか叩けない首はいらないな。今ここで飛ばしてやろうか？」

「な、な、何マジになってんだ、冗談だろぉ」

「冗談かどうかは受けた者が決めることだ。貴殿の発言は侮辱に他ならない。神楽坂子爵家を敵に回す覚悟はあるんだろうな」

真の台詞回しには、周囲の空気を一瞬にして凍らすほどの凄みがあった。

爵位を盾にした警告に、男は面白くなさそうに唾を吐いた。

「へっ。子爵の弟なんて良いご身分の軍人だぜ。小澤様、向こうで飲み直しましょうよ」

「神楽坂の小僧、いつまでも偉ぶっていられると思うなよ！」

男と小澤が離れていくと、杏は脱力してその場にへたりこんだ。

心を踏みにじられた屈辱と、真に手を上げてしまった自己嫌悪で、頭のなかがぐちゃぐちゃだ。

「ごめんなさい、真様……」

息も満足に出来なくて涙がこぼれてくる。

ぼろぼろ泣く杏と、それを見守る真のもとへ、騒ぎを聞きつけた空太郎が駆けつけた。

「何があったんだい、シン」

「口説いたら泣かれた。休憩室で休ませてくる」

柄にもない嘘をついた真は、好奇の視線から守るように、震える杏を横抱きにした。


宴会場の横に設けられた休憩室で、杏はぼんやりと西洋椅子に座っていた。

他には誰の姿もない。状況が状況だったとはいえ急に抱き上げられて固まっている内に、ここに連れてきてくれた真は待っているように言い残して出ていってしまった。

遠くで、招待客の談笑が、浜に打ち付ける波のようにさざめく。

硝子窓の向こうには、美しい星々がきらめく。

静かな空間と窓際に生けられた薔薇の香りに包まれて、自然と涙は引いていった。

取り乱した心も、真が飲み物を手にして戻ってくる頃には落ち着いていた。

「水を持ってきた」

「ありがとうございます……」

受け取ったけれど口にする元気がなくて、杏は冷たいグラスを膝元でかかえた。

その仕草に不穏なものを感じたのか、真は、膝を折って顔を覗きこんでくる。

「どこか痛いのか？」

「痛いのは、わたくしではありませんわ」

杏は真の左頬を見た。そこだけ不自然に赤くなっている。

「ほんとうにごめんなさい。力いっぱいひっぱたいてしまって」

グラスを置いた杏は、冷えた手の平で赤くなった真の頬を撫でた。

「手を上げるつもりはありませんでしたの。わたくしは歌劇団の支配人だから、何か厭みを言われても、冷静にならなくてはいけなかったのに……」

せっかく引っ込んだ涙が、またもせり上がってくる。

ぐずぐずと子どものように泣く杏に、真は嘆息した。

「俺は女に叩かれたくらいで怪我をするようなやわな男じゃない。叩かれるのが分かっていて割りこんだんだ。お前が泣いて俺の頬の痛みが引く訳ではない。意味もなく泣くな」

「意味ならあります。女が泣くのは、立ち直るためなのですわ……」

杏は真が差し出したハンケチを受け取り、目元を覆った。

「……つくづく変な生き物だな。女というのは」

呆れた声がして、どさりと西洋椅子の隣が沈んだ。

肩をぐっと引き寄せられた杏は、ハンケチを外した目を白黒させる。

「な……」

気づけば、横に座った真の胸に顔を埋めるような形で抱き寄せられていた。

「情けないところを俺に見せるな。そこで黙っていろ」

びっくりして湧き出ていた涙は止まってしまう。涙が止まると、自責の念も引っ込んで、代わりに恥じらいがせり上がってきた。

着慣れないドレスは、普段の袴姿より露出が多い。

何枚も着物を重ねている訳ではない上に、真との距離は、劇場の裏手で寄り添った時よりずっと近かった。

どうして抱き寄せたりするの。

戸惑う杏の心臓はどくどくと脈打ち、全身が熱くなる。

真も冷静ではないようで、彼に押しつけた頬から、板の間にビー玉を転がしたような、トクトクという優しい鼓動が伝わってきた。

(結婚前の男女が抱擁なんて、はしたないわ……でも)

杏は振りほどけなかった。

彼の腕のなかが、専用にあつらえたドレスのように心地良いせいだ。

目を閉じて身を委ねると、眠ってしまいそうな充足感に包まれる。

なぜこんなに離れがたいのだろう。相手は、あの真なのに。

夢見がちにまどろんでいた杏だったが、がちゃんと響いた音に我に返った。

「食器を落としたにしては騒々しいな」

そっと体を離した真は、扉をわずかに開けて宴会場をうかがった。

「こちらではない」

「下だわ！」

杏は発条《ばね》式の窓を上に押し上げて階下を覗いた。

割れた硝子が散乱する一階の踊り場に不審な人影がある。

「誰か、あの男を捕まえて！　私の首飾りを奪った強盗を！」

階下で上がった女性の金切り声は、ホテル中に響き渡った。

「強盗ですって」

「どけ！」

杏を押しのけた真は、桟に片手をついて窓を乗り越えた。

しかしここは三階だ。階下は恐ろしいほど遠い。

「真様っ」

ぞっとして見下ろすと、地面に吸い込まれるように落下した真は、膝を曲げて身軽に着地した。

身を起こす反動で西洋剣を抜き、強盗に斬りかかる。

強盗の手に握られた短刀と激しくぶつかりあう音は、キンと杏の鼓膜に刺さった。

真の洗練された太刀筋とは違い、みっともなく腰が引けた強盗は、すぼめた口がひょうきんな火男《ひょっとこ》のお面を付けている。

衿布《スカーフ》のように薄い黒外套が体にまとわりついて動きづらそうだ。

(安っぽいけれど、まるで〝歌劇場の怪人〟みたいな服だわ)

手数多く剣を振るう真は、取り押さえる隙を探しているように見えた。

手伝えることはないかと辺りを見回した杏は、窓際の花置きに載せられた花瓶に目を留めた。

「真様、よけてっ」

陶器の首を摑んで放り投げると、真はわざと西洋剣を引いて、長い足で強盗を蹴り出した。

薔薇を散らしながら落下した花瓶は、強盗の頭にぶつかって派手に割れる。

「いってえええ！」

強盗は短刀を放り出して頭をかかえると、窓から顔を出した杏を指さして言い放った。

「ちっくしょう、帝華少年歌劇団どもめ！　覚えてやがれってんだ！」

そう言うなり、よろよろと左右に蛇行しながら走り、敷地を囲むように張り巡らされた鉄柵を乗りこえた。

ホテルの警備員が追いかけるが、待っていた馬車で逃げられてしまう。

西洋剣を収めた真は、硝子の破片の上に落ちていた首飾りを拾った。

杏は休憩室を出て階下へ向かう。

かさばるドレスに苦労しながら階段を下りていくと、真が貴婦人に盗品を返してお礼を言われているところだった。

「ご無事で何よりですわ」

「……杏……」

真は、一仕事終えたというのに物憂げに見下ろしてくる。

「あの強盗は、なぜ俺たちが歌劇団の関係者だと分かったんだ？」

「ひょっとしたら、わたくしたちの宴会に潜んでいたのかもしれませんわね」

犯罪者が近くにいたと思うと恐ろしくて、杏の腕に寒気が走った。

宴会には、招待状を送付した客の他に、評判を聞きつけて訪問してくれた有力者やそのお付きの者も多数いた。

今回、相手に悪い心証を与えてしまうという空太郎の助言から身分証の提示は求めなかったので、身なりを整えて身分を偽れば誰でも入れた状況だ。

「警備を厳しくするべきでしたわね。もしも標的が宝石ではなくて、お琴さんや空太郎様だったらと思うとぞっとしますわ」

「お前は、自分が狙われる心配をまずしろ」

「わたくしが狙われる理由なんてありませんわ」

「神楽坂家に浅からぬ繋がりがあるんだぞ。油断するな」

言い合っていると、白髪交じりの支配人が顔面蒼白になって現れた。

「軍の方とお見受けしてご報告いたします。実は、先ほどの騒ぎの間に、ホテル内の絵画や装飾品が何点かなくなっておりまして……」

「何ですって？」

真と杏は、驚きに顔を見合わせた。

「やられたな」

「強盗は一人ではなかったということですわね」

ホテルの外に足を用意していたことといい、犯行は計画的だ。

「先ほどの強盗の容貌はこちらで把握している。従業員に、窃盗被害の実態を確かめるように通達を。今日の客人の連絡先は一人残らず記録しておくように。あとは——」

真が支配人に指示を飛ばすのを聞きつつ、杏は考えていた。

覚えてやがれ、と言われたけれど、強盗犯に喧嘩を売られる心当たりは、帝華少年歌劇団にはないのだった。


陽がのぼると共に、杏は布団から重たい頭を上げた。

「一睡も出来ませんでしたわ……」

惰眠をむさぼるには、昨日は濃厚すぎる一日だった。

『歌劇場の怪人』初日公演の成功。強盗犯との応戦。そして、真との抱擁——。

涙をこぼした杏が迂闊だったとはいえ、泣き顔を見たくないからと抱き寄せた真も真だ。おかげで、杏は彼の胸の広さを思い出すだけで、どぎまぎして落ち着かない。

「いけないわ。こんな気持ちで仕事なんて！」

恋にうつつを抜かしていては、いつか大きな問題にぶつかる。

仕事を取るか、家庭を取るかだ。

杏は、真に縁談を断られた時に決めたのだ。仕事に生きる女性になる、と。

「さあ、今日もお仕事がんばりま――え？」

身支度を終えて寮の玄関を開けた杏は、広がる光景にあ然とした。

煉瓦敷きの小道には軍馬と荷車が並び、芝生の上には軍人が一列になって立っている。

業務連絡の最中らしく、びしりと姿勢を正して微動だにしない。

「な、何が起きていますの」

杏がわなわなと震えている間に、朝礼を終えた軍人たちが散らばる。

そのなかに、一際高い身長と姿勢の良さで異彩を放つ真がいた。

「真様、これはどういうことですの！」

歩み寄っていくと、真はずれてもいない軍帽の位置を直した。

「昨日のことを心配した兄貴が、懇意にしている陸軍将校に相談した結果、こうなった」

「何てこと……」

どこを見ても軍人、軍人。ところにより少女姿の団員、また軍人。

洋館が醸しだす幻想的な雰囲気は、すっかり厳めしい雰囲気に塗り替えられてしまった。

「警備してくださるのはありがたいけれど、さすがに配置しすぎではなくて？」

「俺に言うな。下っ端にはどうにも出来ない。それに、ここまで厳戒態勢になったのには理由がある」

そう言って、真はポケットから折り畳まれたメモを取り出した。

「あのあと、銀座の宝飾店にも強盗が入り、首飾りや指輪など計二千圓相当が奪われた。犯人の火男面は、現場にこれを貼っていったそうだ」

『つぎは、帝華少年歌劇団のうつくしき歌姫、
星宮カレンを千穐楽でいただく。
怪盗ファントムより』

わら半紙に活字で記されていたという犯行予告の写しだった。

字の払いの部分が長いのは真の癖だろう。

文章を読み取った杏は小首を傾げる。

「おかしいわ。お琴さんが演じるのは、〝怪盗〟ではなくて〝怪人〟ですわよ？」

「似ているから間違えたんだろう」

「間違うものかしら。カレンさんが歌姫役だと知っているなら、少なくとも公演が『歌劇

場の怪人』だと知っていそうだけれど……」

「面が邪魔で、書き損じに気づかなかった可能性はあるな」

肩をすくめて軽口に応じる真は、昨日の甘い雰囲気とは打って変わってすげない。

残念ながら、これが彼の素だ。

強引に女性を抱きしめるような男性ではないはずなのだ。本来は。

「俺は、この犯行予告を見た際、前に星宮が見つけた脅迫状と同一犯ではないかと疑ったが……お前は少しも疑わない。その反応を見るに、やはり前の脅迫状の犯人が誰だか知っているな」

「何のことかしら。わたくし、ちっとも見当がつきませんわ」

「舞台の隅にも置けない大根役者め。お前が正体を知って安心するような犯人……。となるとどうせ、星宮本人か琴だろう？」

「知りません」

「なぜ明かさない。そんなに俺のことが信用出来ないか……」

落胆した表情を見せられて、杏は呼吸が止まる思いがした。

「あ、あなたが口外すると思って打ち明けないのではなくてよ。わたくしには、守らなくてはならない秘密があるのです」

女性同士で交わす約束は鋼より固い。破れば、二度と相手の顔をまともに見られなくなる足枷つきだ。

そのくらいの覚悟を抱いて少女が生きているということは、さすがの真にも理解してもらえまい。

「犯人のことは言えません。けれど、これだけは信じてください。最初の脅迫状は、歌姫を愛しすぎた怪人の戯れごと。危険な存在ではございません。もしも先の脅迫状の犯人が今回の強盗事件も起こしていたというなら、わたくしは歌劇団の支配人を辞めます」

真剣に告げると、真は視線を外してぽつりと漏らした。

「辞めろとまでは言っていない。お前が支配人でなければ、ここは……」

そう言って、苦悩するようにかぶりを振る。

「いや、いい。今日の予定はどうなってる？」

「お洗濯をして、その後は劇場に行って、裏方のお手伝いをしようと思っていました」

「その前に付き合え。帝華少年歌劇団の支配人に会いたいという客がいる」

思わぬお誘いに、杏は目を丸くした。

真に連れられて母屋に入った杏は、一階の客間に案内された。

飾り彫りが立派な扉は、堂々たる設えで不安をあおってくる。

「何があっても逃げるな。話しかけられるまでは黙っていろ」

まるで猛獣でも待っているかのようだ。

表情を強ばらせる杏をちらりと見てから、真は扉を開けた。

明るい室内には一人の男性がいた。

真と同じ軍服だが、こちらは長旗の勲章で豪華に飾られている。

厚い胸板と引き締まった腰が逆三角形を描いており、たっぷりと生えた口ひげは上に向かってカールしていて、舶来品のくるみ割り人形みたいだ。

真は一歩進みでて、杏が今まで聞いたこともないような大声を出して敬礼した。

「お連れしました、乃木丘《のぎおか》少佐！」

「おお、神楽坂くん。そちらのお嬢さんが、ここの歌劇団の支配人か」

「はっ。萩原杏といいます。名門である白椿女学校に在籍していますが、現在は私の兄に請われて支配人として勤め、経営について学んでいる最中です」

腕を下ろしてもなお大声の真に、乃木丘は口ひげを撫でながら満足げに頷く。

「女性の書生とは珍しい。この男所帯で勉学に励み立派でおられる。その勇気に敬礼！」

「はっ」

乃木丘に合わせて、真も再び敬礼する。

杏はどう対応していいものか分からずに、両手を重ね合わせて頭を下げた。

「恐縮でございます」

「よろしい。怪盗ファントムは必ずや軍が退治してみせる。萩原嬢はゆっくりのんびり、経営に精を出したまえ！　フォッフォッフォッフォウ！」

個性的な笑い声を上げる乃木丘に背を向けて、真は小声で告げる。

「顔見せは済んだ。行くぞ」

せいせいしたと言わんばかりの彼に連れられて、杏は部屋をあとにした。

「少佐がいきなり会いたいと言ってきた時は心配したが、単に女学生支配人というものに興味があっただけのようだ。骨折り損だったな。お前にも圧を加えてすまなかった」

真は真なりに、杏のことを案じてくれていたようだ。

「気にかけてくださってありがとうございます。あの将校さん、ものすごく迫力のある方でしたわね」

「言動はアレでも軍のなかでは相当なやり手だ。あの人の注意が向いている限り、団員も公演も守られる。お前のことは俺が守るから安心しろ」

真は、真剣な調子で言って、腰に佩《は》いた西洋剣に触れる。

彼の後ろを歩いていた杏は「守るだなんて」と頬を赤くした。

「ありがたいお話ですけれど……。わたくし、自分の身は自分で何とかいたします」

「それでは俺の気がおさまらない」

立ち止まった真は、振り返って杏を見下ろす。

黒真珠のように美しい瞳には、清らかな朝の光と杏の姿が映っていた。

男性に、こんな熱のこもった目で見られるのは初めてだ。

軍人として婦女子を助ける覚悟と、神楽坂家で預かった娘を放り出せないという責任のなかに、ほんの一匙だけ独占欲が溶けこんだ、そんな瞳。

「お前は俺が守る」

「……はい」

気迫に呑まれて杏が了承すると、すぐさまそっぽを向かれる。

この素っ気ない態度は猫みたいに気まぐれで、本心が摑めない。

軍帽からはみ出た黒髪が風にそよぐように、杏の胸はさわさわと揺れた。

「いたいた！　杏ちゃん、大変だよ！」

手をぶんぶんと振って廊下の奥から走ってきたのは琴子だった。

後頭部に寝ぐせをつけたまま、白い上衣に外套をひっかけた姿は、起き抜けといった感じだ。

「おはようございます、お琴さん。どうかなさったのですか？」

「劇団が大変で！　ともかく来てっ！」

琴子に引っ張られて廊下を走り抜けた杏は、空太郎の執務室へ飛びこんだ。

「空太郎様、いったい何が――」

答えを聞く前に、杏は目の前に広がる無残な光景に首を傾げた。

「何ですの、これは」

上品な飴色の西洋卓を、雑誌の数々が埋め尽くしている。

異様なのは、それらの表紙に『怪盗現る！』や『次の標的は歌姫』などの、事情通を気取りたい市民を煽る文字が躍っていることだ。

大机についた空太郎は、両手を組み合わせて苦笑している。

「ホテルに出た強盗犯が、宝石店に残した犯行予告と同じものを出版社に送ったらしい」

「余計なことを。これでは帝華少年歌劇団に悪い印象がついてしまいますわ」

杏が頭をかかえると、電話までけたたましく鳴りだした。

「今度は何です？」

片手で受けた空太郎は、二つ三つ言葉を交わすと、笑みを浮かべて受話器を下ろした。

「面白い一報が入ったよ。公演切符が二週間先の千穐楽まで完売したそうだ」

「珍しいこともあるね。僕らからしたらありがたいけどさ」

「強盗が現れるかもしれない公演に、客が来るものか？」

不思議がる琴子、理解出来ないと言いたげな真に、空太郎は大人の顔で説明する。

「汚れなき若者には想像出来ないだろうが、世間は俗物的な四方山話が大好きなのさ。事件の匂いがするなら人が集まって当然だ。客層の善し悪しについては言及しないがね」

「悪い客層……」

杏の脳裏に、カレンに絡む小澤の姿が浮かんだ。

ああいった手合いが、帝華劇場いっぱいに詰めかけ、汚い野次や罵詈雑言ではやし立てたら、純粋に歌劇を楽しみに来た客は嫌な思いをして、二度と公演に足を向けてくれないだろう。

人間は苦痛を避けるように出来ている。一度嫌な経験をしたら、舞台芸術の全てを疎んでしまう可能性だって十分にあり得た。

これは絶好の機会ではなく危機だと気づいた杏に、空太郎は指を組んで問いかける。

「これで怪盗と勝負するしかなくなった。次の一手はどうなさるのかな、萩原支配人」

「勝負をしなければならないなら、必ず勝てる手を打つ必要がありますわ」

歌姫役であるカレンは、公演の最終日である千穐楽に誘拐される。

手段は判明しないが、犯行期日だけは判明している。

「はっ。わたくし、ひらめきまし――」

「待て、杏。何を考えついた」

察しよく遮った真に、杏は瞳を輝かせながら、とっておきの案を明かした。

「怪盗が現れるのは千穐楽。つまりは公演の最終日ですわ。予定では二週間後の五月の末日ですが、それさえ来なければ、怪盗ファントムはいつまでも犯行に踏み切れないのではないかしら？」

「まさかお前、延々と同じ公演を繰り返すつもりか……」

突拍子もない考えに、真は絶句した。

同調したのは、公演を率いるトップスターの方だった。

「いい方法かもしれない。好評で延長公演ということにすれば違和感はないね」

「ええ。その間に、軍の皆さんに怪盗を捕まえていただければ、無事に千穐楽を迎えられます。空太郎様、次の演目のための予算を、今回の公演を延ばすために回していただけませんか？」

「私はかまわないが、予算を使い果たしたら一年を待たずに廃業するよ。覚悟はいいね、お嬢さんたち？」

杏は琴子を見た。彼女も神妙な顔で杏を見ていた。

「僕は杏ちゃんの案に乗る。それで怪盗を捕まえられるならね」

「もちろんです。わたくしは、帝華少年歌劇団を廃業させたりいたしませんわ」

これで、不満そうに事態を見ているのは真だけになった。

彼は神楽坂子爵家の一員ではあっても、歌劇団の方針については完全なる部外者だ。口は挟めない。

「真様、これはお願いなのですけれど。支配人がなるたけ早く怪盗を捕まえてくださるように言っていると、乃木丘少佐にお話を通していただけないかしら」

乃木丘がやり手だという評判が事実なら、そして杏を応援してくれているなら、きっと動いてくれるだろうという確信があった。

あくまで支配人として頼むと、真はぐっと息を詰めた。

「分かった。捕まえられるように祈ってろ」

観念した弟を見て琴子は喜んだが、杏は答えを聞く前に分かっていた。

真が、歌劇団と杏の危機を見過ごすことはないだろうと。

第五章

集え、果敢なる女学生たち

「本日は白椿女学校に在学中で、あの神楽坂子爵家で経営のお勉強をされている萩原杏様にお越しいただきました。帝華少年歌劇団の支配人として勤めておいでですのよ」

「よろしくお願いいたします」

ひっつめ髪の司会に紹介された杏は、立ち上がって頭を下げる。

白い布を引いた円卓に座った六人の少女は手を打ち鳴らした。

彼女たちが着ているのは流行の銘仙や友禅、錦紗縮緬《きんしゃちりめん》といった一等品だ。赤や桃色、水色といった愛らしい織地は、柄も雰囲気も上質である。

さすがは華族令嬢。世が世ならお姫様だ。

一方、庶民代表の杏はというと、深緑の袴に紅鹿の子の着物という女学生スタイルで肩身が狭い。

（上流階級の集まりに、どうしてわたくしはいつもの袴姿で来てしまったのかしら！）

原因は分かっている。この会を紹介してくれた空太郎が、「華族の女学生たちが君に興味を持っているそうだよ」と言っていたからだ。

女学生であれば、みんな袴で来るだろうという思い込みが招いた悲劇である。

後悔先に立たず。杏は、ぎくしゃくしながら席についた。

会場である洋館は、白亜が美しい神楽坂邸とは違って、彫刻が施された木の柱と光沢のある布張りの壁、深い色合いの床で構成されている。

設えが慎ましいと思ったら、もとは官館の一つとして使われていたのだという。

変に緊張してしまうのは、きっとそのせいだ。

夏風にそよぐ萌黄色の窓掛《カーテン》も、陽光に透ける花明かりのような卓上燈も、異国の窯で焼かれたティーカップも、杏の日常からは遠くて世間話に取り入れられない。

華族令嬢の方も困ったのか、部屋は行き場のない沈黙に包まれた。

話題をもたらしてくれたのは、司会の少女だった。

「さっそくですが、杏様にお聞きしたい事柄はございまして？」

すると、好奇心に負けた顔つきで、小柄な令嬢が口を開いた。

「杏様が通っていらっしゃる女学校についてお聞きしてもよくって？」

「はい。白椿女学校は、教育者や銀行員を父に持つ少女が多く通っているせいか、真面目なしっかり者が多いです。かくいうわたくしも、父が理事長でございますから、白椿の校風はとても肌に馴染みますわ」

「庶民の皆さんは通う学校を自由に決められるのよね。うらやましいわ。わたくしたちなんて選択肢がないんだもの」

束髪《ガバレット》を結った令嬢が溜め息をついた。

華族の娘は、明治期に創立された華族女学校を前身にもつ学習院《がくしゅういん》女学部に通うのが通例だ。杏以外の参加者は総じてそちらの生徒である。

「あたくし、かつて一度だけ、横濱《よこはま》の方にあるミッションスクールに通いたいとお父様に申し上げたことがありますの。烈火のごとく叱られてしまったわ。お母様からその向きがあると相談されて、絶対に止めねばと思ったそうよ」

「それは……サイノロジーな御尊父でいらっしゃるのですね」

杏の一言に、令嬢たちはきょとんとした。

「今何て？」

「賽、の、路地、とは？」

「ご存じないのですか！」

級友には当たり前に通じていた言葉なので杏は驚いた。

言ってしまってから、そういえばと思い至る。

今使ったのは、白椿女学校の生徒が用いる〝女学生言葉〟だ。

学校が違えば使う言葉は変わってくる。それぞれの校風によって、物の考え方や性格まででも塗り替えられるのが普通だ。

学力重視のお堅い学校に通っていると質実剛健に。

モダンな教養をふんだんに取り入れたミッション校の生徒は伸び伸びと。

家政に力を入れている学校は柔和で優しい少女になる。

たとえ校章を付けていなくても、雰囲気でどこの学校の生徒か分かると言われている。

杏は、世間知らずの華族令嬢にも分かるように説明した。

「サイノロジーとは、女学生独特の言い回しの一つで、妻《さい》に甘い人のことを指します。白椿女学校では愛妻家の先生をそう呼んでおりました」

「まるで暗号のようだこと。他にはどんな言葉があるのかしら」

「美しい人のことを『シャン』と言いますわ。これは独逸語から。意味深長を略して『イミシン』はお手紙によく使いますし、落第は『ドロップ』と表現しますのよ」

「『ドロップアウト』のドロップね！　それは学習院の方でも使いますわ。なあんだ、他の女学校もそんなに変わらないのね」

　長いお下げを垂らした令嬢は、洋菓子で頬を膨らませたまま笑った。

　その笑顔は、杏が白椿女学校でたくさん見てきた、朗らかな女学生の笑い方だった。

　生まれは違っても心は同じ。これなら分かち合えそうだ。

「白椿では少女小説が流行っておりましたの。特に吉屋信子《よしやのぶこ》先生の『花物語』は群を抜いて人気でしたわ。わたくしは山茶花《さざんか》というお話が好きなのです。ご存じですか？」

「もちろんよ！　あたくしは野菊が好きなの。幼くして生母を亡くした身の上には、あのように儚くも繫がりは断たれんとする物語は身につまされたわ。指輪のくだりなんて特に！」

「わたしは水仙がたまりませんわ……。はるか遠い北京《ペキン》の廃宮にこぼれた黄色い花と、そこにうつろう佳人を想像しただけで、えも言われぬ感動に涙がこぼれ落ちますのよ」

「ここにいる私たち、まるで花にまつわる思い出を語りし七人の乙女みたいね。洋館に集まっているのも、人数もちょうど同じですわ」

「今度、お泊まり会でもして『花物語』と同じように語り合いませんこと。もちろん、杏様も一緒に」

さすがは女同士。

糸口を摑んだら会話はどんどん盛り上がっていき、話題は大衆小説へと移った。

人気作家の徳冨蘆花《とくとみろか》について語り合っていると、がちゃんと大きい音が鳴った。

「——小説なんて世俗的なもの、女学生が読むべきではないわ」

薔薇が描かれたカップを乱暴に置いたのは、まっすぐ伸ばした黒髪に頭飾り《カチユーシヤ》を挿した令嬢だった。

明治の流行色であった紫紺の洋装が、奥ゆかしく意志強い面差しによく似合っている。

彼女は、外交官を務めたこともある梅小路《うめのこうじ》男爵の令嬢の塔子《とうこ》。

会がはじまってからずっと、杏を親の仇のような目で見ていたので気にはなっていた。

「塔子様、小説は禁じられているものではございませんわ」

「それは、やめろと言い聞かせても女学生が乱読するせいよ。最近は注意するのに疲れたのか、教育機関も良著を読みましょうという方向に転換しているけれど、数年前までは学生の風紀を乱すとして大問題になっていたわ。教育者の娘なのにご存じないの？」

戯作小説や恋愛小説が、世間を知らない少女を耽溺させ、勉学や家政の習得に使うべき時間を浪費させ、現実と虚構を混同して堕落させると信じられていたのは事実。

図書館で本を読む時も、女性は婦人室を利用しなければならない。その行為すらも、頭が良いと周りに思われたい虚栄心から来た行動と揶揄されることが多い。

　だが、杏も白椿女学校の生徒も、見得のために小説を読んでいる訳ではない。書に詰まった、憧れの西欧の雰囲気や夢想じみた恋愛といった、胸をときめかす世界を愛しているからである。

「読書が女性にとって毒となると、世間で論じられているのは存じております。ですが、美しい物語の数々が怠惰を引き起こすなんてことはございません。そういった注意喚起こそが、勉学も読書も男の物と信じる頭の固い有識者が、屁理屈をこねて作り上げた妄想だと、わたくしは思いますわ」

　女学校教育に携わる教師の多くは、そんな心配はいらないと明確に打ち出している。

　杏の父もその一人で、春の教育者会議では『女学生に読書せしむること奨励す』と訴えて、絶大な支持と同じだけの批判を浴びた。

「明治期におきましては、玉石混淆の書物のなか、女学生自身が気づかぬ内に悪書に魅入られないようにとの配慮で小説が禁じられていました。しかしながら、講読が女学校の授業にあるように、心を豊かにする作用も物語にはあるのです。方向転換は、それに気づいた教育機関が、このままではいけないと考えたからですわ。現に、わたくしの父は読書を奨励しておりますのよ」

　しっかりと目を見て答えると、塔子は恨めしそうに唇を噛んだ。

「口が達者なようね。だからきっと、あの方も騙されてしまったんだわ……」

「え？」

「具合が悪いので失礼」

塔子はハンケチで口元を押さえて席を立ち、そそくさと部屋を出ていった。

残された令嬢たちは目配せしながら、戸惑う杏に告げ口する。

「きっと杏様に嫉妬していらっしゃるんだわ」

「妬まれるような人間ではございませんけれど」

「神楽坂家の真様とお見合いなさったんでしょう？　塔子様は、真様と幼馴染みですのよ。ご本人が嫌がったので当代に替わってから破談になったようですが、ほぼ許嫁の扱いだったと聞いておりますわ」

「真様に、許嫁が、いらしたのですか……」

自由恋愛が少数の時代。華族の男子ともなれば、良い家柄のご令嬢と幼くして結婚を約束しておくこともある。

真に許嫁がいたって何も不思議ではない。

生真面目な真のことだから、己が結婚に興味がない人間だと気づく前には、それなりに塔子を大切にしていたのではないだろうか。

華族の貴公子である真は、小説に描かれる貴人のように美しく塔子に触れ、秘めた心で夫婦となる未来を想像していたのかもしれない。

（どうしたのかしら、わたくし……？）

睦まじい二人を想像すると、胸がきゅうっと苦しくなった。

この感情には覚えがある。

女学校で咲子に、婚約者を持つ同級生に、街で見かけた素敵な男子に手紙を渡したという後輩にまで感じていた、小さな眩しさだ。

違うのは、過去に感じたものとは比較にならないほど大きいことである。

これまでの杏は、それを憧憬だと信じて疑わなかった。

けれど、今なら分かる。あれは嫉妬だったのだ。

恋の味を知る全ての人々へ、無知な子どもが精一杯に示せる反意を持って抱いた、粗末な焼きもち。

これと同じ気持ちに塔子も駆られているとしたら、さぞや苦しいだろう。

もしも彼女にもう一度会えたなら、はっきり伝えなければならない。

杏は、真に見初められてなどいない。真の方は杏のことなんて少しも気にかけていなくて、異性として意識しているのはこちらだけなのだと。

「空気が悪くなってしまいましたわね。今日はここまでにしましょうか」

司会が区切りをつけると、令嬢たちは立ち上がった。

落ち込んだ杏に「また集まりに来てくださいな」「次はお互いの思い出を語り合いましょう」と一声かけて退室していく。

最後に部屋を出た杏は、階段を下りたところで柱時計の陰から呼ばれた。

「ちょっと、よろしくて」

「塔子様！」

現れたのは、帰ったと思っていた塔子だった。肩にかぎ針編みの肩掛け《ショール》をかけて、手には紺色の別珍を張った手提げ鞄を下げている。

「もうお帰りになったと思っておりました」

「帰るなんて一言も告げていないわよ。あなたに忠告するために残っていたの。華族の家に居候している身で、この集まりに参加した浅慮さを見かねてね」

子どもを叱るような口ぶりに、杏は身構えた。

「わたくしが皆様とは身分違いなのは承知しております。ですが、今の内に上流の方々とのお付き合いを経験しておいた方がいいと、神楽坂子爵に勧められて参りました」

空太郎の名を出すと、塔子の眉間に皺が寄った。

「そこは遠慮するべきだったのではなくて。あなたの行動は、噂に聞いたことだけでも目に余るわ。女学生が歌劇団の支配人になるなんて、打診されても謹んで断るのが当然でしょう。わたしは、あなたのような常識外れに負けないわよ」

「あの……何のお話でしょう？」

集会で出会っただけの二人に勝ち負けが生じるはずもない。

不思議に思う杏に、塔子は毅然と答えた。

「真様が結婚を前向きにお考えになったのならば、わたしにも復縁の機会があるはず。彼の相手には、わたしの方がふさわしいわ」

だから、あなたは遠慮なさいね。

花びらのように色よい唇を蠱惑的《こわくてき》に動かして、塔子は去っていった。


鹿鳴館《ろくめいかん》といえば明治時代の象徴だ。

アーチ形の窓で飾られた西洋館は、一階に食堂室や談話室、二階には広々とした舞踏場や貴賓室があり、諸外国からの賓客や外交官を多くもてなしたという。

華やかな新時代の象徴となった施設だが、栄枯盛衰の理には勝てなかった。

欧化政策を推し進めていた外務卿・井上馨《いのうえかおる》の失脚によって権威を失い、明治末期に華族に買い上げられた現在は、華族会館として会合や舞踏会に使われている。

つまり、庶民には一生縁のない場所だ。

杏も、ここに足を踏み入れることは死ぬまでないと思っていた。

鈴蘭のような硝子傘のシャンデリアの明かりが、舶来品の織地で作られた瀟洒なドレスの淑女を照らす。

歓談する紳士は礼装《モーニング》で、鶺鴒《せきれい》が何羽も舞い降りたようだ。

その輪には空太郎も交じっている。

社交に興じる楽しげな横顔を見つめながら、杏は壁際にぽつねんと立つ。

桜色のドレスを身に着けるのは今日で二回目。

仕立ててもらった洋装が役立って良かったという安堵と、これがなければ逃げられたのにという失意がないまぜになっている。

帝華少年歌劇団の支配人として出席していたら庶民でも胸を張っていられたはずだが、ここでは神楽坂家で経営を勉強している女学生として通っている。

空太郎に紹介されたら笑顔で頭を下げ、それ以外は大人しくしているのが杏の仕事だ。

人気者の神楽坂家の当主はあちこちから呼び声がかかり、役立たずの杏は早々に壁の花になった。

左を見れば、同じく壁際に固まった華族令嬢たちがこちらを気にしている。

何となく嫌な予感がしていると、少女たちの間から、青いバッスルドレスを身に着けた塔子が現れた。

バッスルとは臀部につける腰当てのことだ。スカートの後部を丸く膨らませたドレスは、明治の鹿鳴館時代から上流階級の女性の社交着なのである。

まとめ髪に服と同色の頭飾りを挿してまっすぐ歩いてくる様は、幸せを運んでくると言われる大瑠璃鳥《おおるりとり》のようだ。

彼女が幸福など携えていないことは、敵意に満ちた雰囲気と、目の前で止まった靴音から分かった。

「遠慮なさいと忠告したのに、なぜこちらにいらっしゃるのかしら？」

「神楽坂子爵に誘われたからですわ。わたくしは子爵のもとで支配人業を学ばせていただいている身です。必要とされるなら善処いたします。華族の皆様の華やかさには及びもつきませんが、見劣りしないよう装いに気をつけて参りました」

「はぁ……。何も分かっていないようね」

塔子は残念そうに溜め息をつき、杏を睨みつけた。

「回りくどい言い方はやめるわ。高貴なる方々に近づくなと言っているの。真様に気に入られたからって生意気なのよ」

「真様は関係ありません！」

むっとした杏は、胸に手を当てて反論する。

「わたくしは、わたくしの実力でここにいるのです」

「そう思いこみたいだけでしょう。あなたの天下はもう終わりよ。今宵、わたしのお父様が神楽坂子爵に、真様とわたしの復縁を申し入れるの。子爵も真様も、華族令嬢の方が神楽坂家に迎えるにはふさわしいとお気づきになるはずよ」

「それは……どうでしょう？」

杏は、普段の真を思い出して小首を傾げた。

「真様はお膳立てされた縁談がお嫌いなんです。塔子様が、自分こそ彼にふさわしいという顔で乗り込んでいったら、また袖にされてしまうと思います」

相手が杏であれ、塔子であれ、それ以外の誰かであれ、たぶん真はあの生き方を変えない。清々しいほどにあっけらかんと、嫌なら嫌だと正直に言う。

「真様にとって血筋は重要ではないのです。一個人としてどんな風に考え、どんな人生を選ぶのかに興味を持っていらっしゃいます。だからこそ、彼は誰の操り人形にもなりません。ご自分で、世界でたった一人の運命の相手を見つけて幸せになられますわ。そんな生き方が出来る素晴らしい男性だと、わたくしは信じます――」

カツン。すぐそばで止まった靴の音に顔を向けると、燕尾服を着こなした真が、がく然とした表情で立っていた。

「し、真様……」

塔子はわななないた。しかし、切れ長の目を大きく見開いた真は、彼女などまったく眼中にない。ただただ、ひたすらに、杏を見つめていた。

黒々とした瞳には、長年探しても出会えなかった宝物に巡り会えたような、天の川に流るる銀河から一つだけの願い星を見つけたような、白い驚きが輝いている。

「真様、いつからそこに?」

「塔子がお前に近づいた辺りから」

ということは、杏と塔子の会話の一部始終が、彼の耳に入ってしまったようだ。

「兄貴にお前の相手をしてこいと言われた」

固まる杏の手を引く真を、塔子は思い詰めた表情で止める。

「お待ちくださ い、真様。その娘でなくわたしと結婚するべきですわ」

大広間の隅で、管弦楽団がワルツを奏ではじめた。

連れ合いの男女がそれぞれ大広間の中心に歩み出て、手を握って足取りを揃える。

すると、それまで耳障りだった床の軋みが天女の琵琶の音のように、結い上げた黒髪の後れ毛すら鳳凰の尾のように気高く思われた。

これもひとえに、海の向こうへの憧れが見せる幻だろう。

ゆったりと華やぐ群衆に視線を向けて、真は言う。

「前に言ったはずだ。俺は誰とも結婚しない。父が決めた全てを捨てて、自分の手で選んだ物だけ連れて生きていくと決めた」

「ご自分の意思で、わたしを選んでくださればよろしいでしょう。昔は、あんなに仲良くしていたではありませんか」

腕にまとわりついた塔子を、真は凍りついた目で見つめた。

「杏と違って、お前は俺を分かろうとしない」

「え？」

「過去を持ちだされるのは嫌いだ。金輪際、俺に話しかけるな」

塔子を振り払った真は、踊りの輪に向かって歩き出した。

杏が振り返ると、塔子は両手を顔に当てて俯いていた。

遠くから見守っていた令嬢たちは、それぞれ意中の相手と踊るのに夢中で、彼女を慰める者は一人もいない。

燦然と輝く舞台上で、彼女は、名もなき登場人物の一人に変わってしまった。

「真様、あんな言い方はなくってよ。泣いているではありませんか！」

「お前の言い方の方が酷かった。同罪だ」

「どちらの言葉がより突き刺さるか、お分かりになりませんこと!?」

舞踏場のちょうど真ん中で、杏は真の手を振りほどいた。

「わたくし、塔子様にお伝えしてきます。真様はわたくしと結婚する気なんてさらさらなく、虐めがいのある玩具感覚でそばに置いているのだと――」

「行くな」

踵に力を込めて身をひるがえした瞬間、ふわっと桜の香りが漂った。

「な……」

次に感じたのは、力強い腕。

杏は図らずも、お腹に腕を回されて、背中側からかかえられる体勢になっていた。

「あんな差別主義者のために、お前が心を砕く必要はない」

諭す声は真剣だった。耳朶に触れる吐息は熱く、切なげな色を帯びていて、吹きこまれる杏はぶわっと赤くなる。

「仲良く過ごしているように見えても、上流階級には上流なりの陰湿さがある。連中の声をまともに聞いていたら、いつか、お前も……」

ふいに言葉が途切れた。首を反らして見上げると、整った顔が辛そうに歪んでいる。

「真様？」

名前を呼ばれた真は、きゅっと口元を引き締めて姿勢を起こした。

「華族と付き合いたいなら、俺が相手になってやる」

「きゃ」

腹に回されていた手で、くるりと真正面を向かされる。半回転した杏の手を捕まえた真は、脇の少し下に手を添え、流れてくる音楽に合わせて踊り出した。

「待ってくださいな。わたくし、ダンスは出来ませんことよ」

「はなから期待していない。こっちの動きについてくるだけでいい」

「それも無茶なのですってば！」

右足を深く踏み出した真の動きに押されて、杏は左足を下げる。

迷うことなく二歩目を踏み出せたのは、足が異様に軽かったからだ。

(不思議だわ。体が羽根になったみたい)

恐らく、二人分の重心を真がたった一人で担っている。

杏は、紐で吊られた人形のように振り回されているが、どこに足を置くか、どう回転するかは、真の動きが全てを教えてくれた。

三拍で構成されたワルツの旋律は美しく、耳馴染みのあるものだ。

歌劇団の稽古で使われる音楽が、ワルツを基本にしているためである。

アン・ドル・トロワ、アン・ドル・トロワ。

頭のなかで鳴り響く指導者の声に自然と心が弾む。

団員たちが、どんなに厳しい練習でも楽しそうに踊っていた理由が分かった。

「ダンスって楽しいものですわね。団員の皆さんのように歌い踊れたら、どんなにか心が満たされるでしょう。わたくしにも歌劇の才能があれば良かったのに！」

「そんなものはいらない」

楽しそうな杏を、真は片手を上に伸ばして一回転させてやった。

「お前には、お前だけの、何にも代えがたい才能がある」

褒められて、トクンと杏の鼓動が跳ねた。

目線を上げると、真と見つめ合う形になる。

元より精悍な面立ちがより魅力的に見えるのは、文明開化より出でし絢爛たる西洋風が舞踏場に満ち満ちているせいか。

（いいえ。真様自身のスター性がなせる技だわ）

彼は琴子のように人目を引く才能を持っている。

黒々とした瞳の奥に、いたいけな婦女子の心を奪う魔性を、こっそりと秘めている。

だから、杏は目を離せない。真も視線を逸らそうとしなかった。

豪華な洋館で開かれた舞踏会で心を通わせる男女。

もしも歌劇の主役《ヒロイン》と相手役なら、恋に落ちてしまうだろう一瞬。

大きく物語《ドラマ》が動き出しそうな予感を残して、音楽が鳴り止んだ。

一時休憩のようだ。飲み物を求める参加者が、一斉に控え室へ移動していく。

「……兄貴の話が終わるまで、階下で茶でも飲んでいるか」

「そ、そうですわね！」

二人は手を離して食堂室に入ったが、塔子の父からの復縁要請を断った空太郎がやってくるまでの間、何ともむず痒い空気感がお互いの周りに流れていた。

❀

帝華少年歌劇団の延長公演は、たくさんの観客を動員した。

しかし、六月に入るとさすがに客足も鈍りはじめた。

「街頭宣伝も、怪盗の四方山話も、効果がなくなってきていますわね……」

杏は、喫茶店の椅子に腰かけて、公演切符の販売枚数の表を睨んだ。

公演は、平日は午前十時からと午後二時からの一日二回。

土日祝日になると、それに午後七時からの夜公演が加わった三回だ。

劇場は満員ならば五百席である。

一度は千穐楽予定日まで完売したほどの人気だったが、延長公演を続けた結果、空席が目立つようになっていた。

「公演当初は立ち見まで出たのに、だんだん減って、六月はじめに一度回復して、また元通り……。何が悪いのかしら？」

「単純に飽きられてきたんだろう。同じ内容の歌劇を連続してやっているからな」

「わたくしなら評判になった歌劇は無理してでも通いますわ。延長公演と題してあれば好評で期間を延長したのだと思うし、新規に加えて再観劇のお客様も来るはずなのに！」

「客はお前じゃない。同じ舞台を何度も観られるほど裕福な人間は少ないんだぞ」

向かいに座る真は、今日も手厳しい。

だが、お前は俺が守る宣言は嘘ではなかったらしく、空太郎に許可を取り、乃木丘にも根回しして、帝華少年歌劇団の支配人専属の護衛軍人として動いてくれている。

軍装では物々しいので私服を着てもらっているが、人並み外れた容貌は、足を組んで椅子に腰かけているだけでも絵になり、目立つ。

通りを歩く女性の視線まで奪っておきながら、当人は涼しい表情を崩さない。

「あの時は街頭での宣伝の奇抜さが評価されたが、仕掛けが分かってしまっては繰り返しても効果がない。それに、この事件もある」

真が開く新聞の一面に、『怪盗乱舞』の文字が躍っている。

「怪盗ファントム。今回で七件目の強盗ですわね」

あれ以来、火男面の怪盗は、各地の宝飾店に押し入っては高価な品々を盗んでいるのだ。

帝都では物足りなくなったらしく、先日は横濱の舶来品専門店に出た。

杏が気になるのは、そのたびに『次こそは歌姫をいただく予定』とか『ほんとうは歌姫を誘拐するのが目的』とか、こちらの歌劇団を巻きこんだ迷惑極まりない犯行予告を残していくことである。

「犯人は、どうしてカレンさんの誘拐を言及し続けているのでしょう」

「さあな。だが、そのせいで歌劇団側の自作自演を疑われている。騒動を起こすことで衆目を集めて、観客を増やそうとしているのではないかと」

「わたくしは犯罪でお客様を呼ぼうなんて思っておりません」

「お前の話はしていない。こっちだ」

真は、新聞のとある記事を、手の甲でとんとんと叩いた。

そこには『劇場社長小澤氏、怪盗撃退を豪語！』と大きく載っている。

「大騒動に発展しているとはいえ、小澤がわざわざ新聞社に赴いて、言説を発表したのも奇妙だ。帝華劇場を活性化させる目的で、話題性を得るために怪盗を仕込んだとしたら？」

「その推理はお粗末ですわ。わたくしの考えでは、山樂会の仕業ではありません」

きっぱりと言い切った杏は、手元のレモネードに口をつけた。

西洋風の飲み物として明治期より人気のこれは、こっくりした飲み口が特徴の輸入コーラより杏の好みの味だ。

甘酸っぱさはあとを引かず、爽やかな香りが鼻に抜ける。

「おいしい……」

「俺の推理の欠点を聞きたい」

不満げに珈琲をすする真に請われて、杏は酸味で荒れた喉をコホンと調えた。

「それには、まず、帝華劇場とわたくしたち帝華少年歌劇団の関わりを、おさらいしていただきますわ」

杏が改めて教えたのは、次の四つだ。

一、帝華少年歌劇団は、神楽坂子爵の所有である。

一、子爵は、去年まで帝華劇場も所有していたが、老朽化のために手放した。

一、それを買い取ったのが、小澤が社長をしている不動産管理会社の山樂会である。

一、帝華少年歌劇団は、劇場を使った期間分の賃貸料を山樂会に支払っている。

「そんなことは百も承知だ。だからこそ、山樂会が怪しいんだろうが」

「もっとよくお考えになって。帝華劇場は、帝華少年歌劇団お抱えの劇場でしたのよ。これは、山樂会に渡った今も同じです。他の劇団に占拠されて公演出来ないことがないように、売買契約書に『舞台稽古中並びに公演期間中は帝華少年歌劇団の占有を認める』との条項を設けてありますの」

つまり山樂会は、せっかく買い取った劇場を他の劇団に貸すことが出来ない。

「分かりやすいじゃないか。怪盗の疑いがかかって帝華少年歌劇団が潰れれば、他の劇団に貸して稼げる。なおさら俺は犯行動機になり得ると思うが……」

「ではお聞きしますが、一体どこの誰が、神楽坂子爵以上に羽振りよく賃貸料を払ってくださいますの？」

　そう言うと、真は目を見開いた。

　杏が揺らすグラスのなかで、溶けかけの氷が涼やかに鳴る。

「帝国劇場の洋劇部ですら財政難に陥ったのに、他の零細経営の劇団に貸すなんて大馬鹿ですわ。わたくしが山樂会の社長だったらこうします。『帝華少年歌劇団に細々と、出来るだけ存続してもらって、多額の賃貸料を受けとろう』。そのために修繕までしているのだから、変な事件を起こして歌劇団を追い詰める必要はありませんのよ」

　ようやく内状を理解した真は、悩ましげに珈琲カップを置いた。

「一理あるな。だが、いよいよ分からなくなった。強盗を起こすたびに、怪盗ファントムが歌劇団と関わっていると匂わせて、誰が得をしているんだ？」

「もしも利点があるとしたら、支配人であるわたくしですわね」

　怪盗事件の影響で、客入りは最高記録を更新した。

　その後は右肩下がりだが、最高値だけ見れば、経営者として優秀だと花丸がついてもおかしくない。自作自演を疑われるのも道理にかなっている。

　けれど、真は、それだけは認められないと眉をひそめる。

「……お前じゃない」

「さっきから、それぱかりですのね」

杏は笑ってしまった。

彼が信じてくれるなら誰に疑われてもいい。そんな気分だ。

「さて、怪盗の捕縛は軍におまかせして、わたくしはこちらに集中しましょう」

杏は、空になったグラスを西洋卓の端に寄せて、風呂敷に包んで持ってきた大量の資料を並べた。

五月から六月半ばまでの公演切符の販売枚数や客足の推移、宣伝諸費用を記した帳簿の写しだ。

「六月のはじめだけ客足が回復しているのはなぜかしら。ここに手がかりがありそうなのだけれど。劇場の近くでお祭りでもありまして？」

「浅草寺《せんそうじ》の三社祭《さんじゃまつり》は五月半ばだ」

「そのせいではなさそうですわね。五月の終わりか六月のはじめに何かあったのかしら？」

腕を組んで悩む杏をじっと見ていた真は、ふと思い立つ。

「……そういえば、俺の給料日は月の終わりだな」

「給料日？」

盲点だった。

もしやと思った杏は、客層のデータ表を引っぱる。

切符もぎりの少年に頼んで、来客者の年齢を十代以下、二十から三十代、四十から五十代、六十代以上に分けて記録してもらったのだ。

予測通り、五月後半には二十から三十代がもっとも多かった客層が、六月に入ると十代になる。

「月はじめには、年若いお客様がたくさんいらしているわ。それが、半ばになってくると少なくなっていきますの。真様、あなたの推理、素晴らしいですわ！」

「推理などしていない。お前は、その紙一枚で何が分かったんだ？」

「ずばり、月はじめの若いお客様は、少ないお小遣いを握りしめて来てくださったということですわ」

杏もお小遣い制だったので身に覚えがある。

月末に父の給料が出るので、月はじめに決まった額をもらって、それをやりくりして一カ月過ごすのだ。

女学生の情報源である雑誌はもちろん、文房具代やお腹が空いてしまった時の買い食いなどは、ここから捻出しなければならない。

「わたくしは月に一圓五十銭ほどもらっていました。これは多い方で、級友には一圓に満たない方もたくさんいましたの。対して観劇代はもっとも安い一階四等席でも五十銭。これでは月に一度の観劇しか余裕がありませんわ」

真は、杏から紙を手渡され、年齢層の波線を指で辿る。

「一番入る客層が金を持っていないから、再観劇は見こめないか」

「少なくとも一度は目にしてくださっているのだから、魅力は伝わっているはずですわ」

杏が夢中になったように、何度も観劇したいと思わせる魅力を、帝華少年歌劇団は有している。

少年たちの歌劇には華がある。ぱっとしない人生を送る一般人に夢を見させてくれる美しさと、懸命な努力がうかがえる歌や踊りには、応援したくなる健気さもあった。

場数を踏んだ大人の俳優たちには醸し出せない、一期一会の儚さが漂う舞台には、老若男女問わず観客を夢中にさせる条件が整っている。

けれど、歌劇を見たいと言っても、お小遣いは増額されないだろう。

「手元に資金がなければ何も出来ないのは、みんな同じですわね……。あら？」

悩む杏の視線の端っこに、使い古した革靴が映った。

顔を上げると、腰にギャルソンエプロンを巻いた初老の男性が立っていた。

「神楽坂様、本日はご来店ありがとうございます」

「ああ。杏、この純喫茶の店長だ」

真が慣れた顔で紹介すると、店長は目元の皺を深くして笑う。

「お嬢様、お味はいかがでしょう。神楽坂様は、当店のモカがお好きで、昔からよく顔を見せてくださるのですよ」

「そうでしたの。珈琲がお好きだとは存じておりましたけれど、通い詰めるほどだとは思っていませんでしたわ」

　ここは銀座の一等地にある純喫茶プリムローズだ。

高級でモダンな店構えに、杏は入店するだけで緊張したものだが、抵抗なく通うとは。やはり真も華麗なる一族の人間ということだろう。

「神楽坂様、よろしければ、こちらをお持ちください」

　店長は、小花の花束が印刷された、名刺大の台紙《カード》を差し出した。

「当店が新たに設けた〝来店台紙〟というものです。ご贔屓いただいているお客様にお渡ししていて、ご来店のたびに判を一つ押しまして、いっぱいになりますと当店自慢のシュークリームを無料でお出しいたします」

「シュークリームですって？」

　杏は、興奮のあまり椅子をガタリと揺らした。

　ふわふわの皮に甘いクリームをぎっしり詰めた洋菓子は、幕末頃に横濱へ伝来して神田《かんだ》淡路町《あわじちょう》の米津風月堂《よねづふうげつどう》が明治十七年から売り出した。しかし、卵から作られるクリームは足が早いため、生菓子は気軽に食べられる物ではなかった。

「わたくし、シュークリームが大好きなのですわ。喫茶店に入らなければ食べられない西洋菓子なので、実家にいた頃はあまり食べる機会がありませんでしたの。ですから、この仕組みはとっても素敵ですわ！」

大はしゃぎでいると、真は店長に向かって人差し指を立てた。

「では、シュークリームを一つ。レモネードも、もう一杯追加だ」

「畏まりました。少々お待ちくださいませ」

店長は深々と頭を下げて調理場へ戻っていく。

杏はというと、あっさり追加注文してくれた真を、文句ありげに見つめた。

「あなたって情緒がありませんのね」

「洋菓子一個のために、判が貯まるまで待つつもりか？　どうせ俺の支払いだ。他にも食べたい物があったら、好きなだけ注文しろ」

杏が本気で食べたら伝票の金額がすごいことになるが、真にとっては取るに足らない額だ。

奢ってもらえるのは嬉しい。だが、杏にも持論があった。

「なかなか手が届かないからこそ、やっと食べられた時の感激は一入《ひとしお》なのです。それをひょいひょい恵んでもらったら、幸福度が下がってしまいそうですわ」

「恵んでやっているつもりはない」

にべもなく即答された。

戻ってきた店長が、杏の前にシュークリームとレモネードを出して、空になったグラスを下げていく。

杏は、まあるく膨らんだパイ生地に釘づけになる。

「恵みでなければ、このおいしそうな二品はなんですの？」

「餌づけに近い」

「わたくしは、つんとむくれながらシュークリームを頬張る。

杏は、つんとむくれながらシュークリームを頬張る。

さっくりした皮のなかに、バニラビーンズの香りが豊かなカスタードクリームがぎっしりと詰まっていて、とろりと皮の端っこからはみ出した。

「おいしいですわ」

舌に絡みつく甘みにうっとりする。だが、餌づけ扱いされた手前、素直に喜ぶのも悔しくて、杏は西洋卓に置かれた台紙を手元に引っぱった。

表紙は花束柄。店名になっているプリムローズになぞらえているのだろう。

裏には格子で十の空欄を作り、判をすでに一つ押してある。

集めるとご褒美がもらえるのは、再来店のお得感をあおる良い発想だ。

「けれど、歌劇団でこの方式は使えませんわね……」

観劇を一回贈ったところで、それまでの十回の観劇を続ける金銭的余裕がなければ集められる方が稀だ。かといって公演切符の金額を下げる訳にもいかない。

今でも利益ぎりぎりでやりくりしているのだ。唯一の収入源の何割かでも絶たれれば、破綻は大波のように荒々しく押し寄せてくる。

杏は、シュークリームをもくもくと口に運びつつ考えた。

（もっとお客様にお得感がある方法はないかしら……。わたくしなら、どんな特典があれば通いたいと思うかしら……）

杏の脳裏に、ただの観客として公会堂の客席に着いた日が浮かぶ。

路地裏の看板に引きこまれ、帝華少年歌劇団の公演を見て、すっかり夢中になった。

そして、その感動を咲子に話したのだ。観劇も勧めた。見てもらえれば、共に歌劇団について語り合えると思ったからだ。

綺麗なもの、素晴らしいもの、魅力的な事柄を共有したい。

同じ物を好きな同志として、連帯感を味わいたい。

これは、女学生だけでなく誰しもが持っている願望ではないだろうか。

けれど、咲子はいまだ劇場に姿を見せてくれない。頭の固い婚約者を説得するのに、手間取っているのかもしれない。

「劇場に女性が一人で来るのは、まだまだ敷居が高いのだわ……」

少年歌劇の魅力は女性にこそ響くと杏は思っている。

演者の少年たちが放つ若く瑞々しい雰囲気は、どんな舞台でも妖精が紡ぐおとぎ話のように魅せる。それは手に汗握り、悲壮感に包まれる展開を中和して、柔らかく心に残る。

男性は一過性の娯楽としてしか少年歌劇を観ないだろう。

しかし女性は、見出した歌劇団を、母から譲り受けた宝飾品のように大事に想って、きっといつまでも追いかけ、応援してくれる。

女性の応援が不可欠だと再確認した時、手元の台紙のとある部分が目についた。判子を押す格子の下に、持ち主の名前を書く欄が設けられており、『神楽坂真』と記名されている。

上部には、小さな文字で『プリムローズ上顧客会員』の刻印があった。その一言を添えるだけで、真がこの店を支える重要な役割を担っているように思える。

この薄っぺらい台紙一枚には、様々な要素が詰まっている。

次の来店に繋がるお得感。

保持している優越感。

同じ台紙を持つ者で店を支えているような連帯感。

これを歌劇団に生かすために必要なのは、シュークリームに代わる甘い特典だ。

「うーん、あと少しでいい考えが浮かびそうなのだけれど」

喉元まで出かかっている案をもどかしく思いつつ、栗鼠のように口を動かしながら唸る杏に、新聞を広げた真が溜め息をつく。

「台紙に夢中になっているとこぼすぞ」

「そんな子どもみたいな真似いたしません」

「どうだかな……」

新聞がペラリとめくれて、個性的な全面広告があらわになった。

流行の絵画家・竹久夢二が、日本橋で開く展覧会の告知だ。

電髪の美しい女性を目にした瞬間、杏の脳裏に、新たな着想がシュー皮からはみ出したクリームのごとく、ひょっこりと現れた。

「わたくし、ひらめきましたわ！」

口元にクリームを付けて立ち上がった杏に、呆れ顔の真は珈琲を啜りながら一言、

「お前は、名案が浮かぶたびに叫ばなければ気が済まないのか？」

と、文句をつけたのだった。

✿

純喫茶でのひらめきから、ちょうど一週間後の木曜日。

杏の姿は白椿女学校にあった。

生け垣で囲まれた敷地に足を踏み入れて、三年生の教室へ向かう。足を踏み入れたのは春以来で、どこからともなく薫ってくる木の匂いに懐かしさが込み上げた。

お供は、大きな箱をかかえた真が一人。

校内に入るには特別な許可が必要だが、軍服を身に着けていたので手続きは円滑だった。

真は、生まれて初めて立ち入る女学校に興味津々で、何気ない玄関や廊下の壁板さえ珍しそうに視線をさまよわせている。

教室の前に来ると、最終科目の終わりを知らせる鐘が鳴った。

杏は、ためらいなく引き戸を開ける。

「ごきげんよう、皆さん」

久方ぶりに現れた級友と見目のよい軍人の姿に、少女たちはにわかに活気づいた。

「まぁ、杏っ」

いち早く駆け寄ってきてくれたのは、親友の咲子だった。

「急に通ってこなくなるのだもの、縁談相手に酷い目に遭わされたのかと心配していたのよ。それと……そちらの殿方はどなた？」

聞かずにいられない様子の咲子は小声だったが、杏は堂々と答えた。

「いきなり休学してごめんなさい、咲子様。わたくし、現在は帝華少年歌劇団というところの雇われ支配人をしていますの。この軍人様は歌劇団の持ち主である神楽坂子爵の弟君ですわ」

同級生たちが「お華族様よ」「なんて素敵」とひそひそ話を交わすなか、窓際の席のふくよかな級友が「帝華？」と口元に手を添えた。

「そちらでしたら、姉に連れられて今月のはじめに観劇しましたわ」

「ありがとうございます。素敵でしたでしょう？」

「ええ。友人を誘って行きたいのですけれど、公演切符が思ったより高くて……。少年だけの歌劇団と言うと、お父様もお母様も、あまりいい顔をなさらないし……」

暗い顔をしたのは彼女だけではない。その言葉を聞いた、学級の四分の一程度の少女が表情を曇らせた。

どうやら観劇代の捻出に困るお客様は、意外にも身近にいたらしい。

「皆さんのために、今日はいい物を持ってきましたのよ」

杏は、菓子のたたき売り師のように、隣に立った真がかかえる木箱を叩いた。

「このたび、帝華少年歌劇団を愛する少女を集めて〝乙女互助会《おとめごじょかい》〟を結成することになりました。二十銭をおさめて会員になりますと、歌劇を三十銭で見られますの。三名までのお連れなら、同じ値段で結構ですわ」

「それは、何回でも有効ですの？」

「ええ。一年に一度の更新で二十銭をおさめていただければ、何回観劇しても三十銭。これで毎月のやりくりに悩まずに観劇出来ますわ。それにご覧になって。この会員台紙、素敵でしょう？」

杏が取り出したのは、華やかな装画を施した台紙だった。

目を伏せた凜々しい少年と、彼を見つめて頰を染めた少女が、子猫のように寄り添っている。

意匠を見た咲子の顔が明るくなった。

「この絵、よく少女雑誌に載っている先生の手跡だわ」

「その通り。これを描いてくださったのは、新進気鋭の画家・高畠華宵様ですの。我が歌劇団のトップスターとトップ娘役を写していただいたのですわ。今なら会員番号は一桁から。これを持てば、あなたも乙女互助会の同志ですわよ！　さあ、一番乗りはどなた？」

杏の口車に乗せられて、級友たちは次々に挙手した。

「あたし、入りますわ！」

「私も、私も。二十銭でいいのね？」

「はいはい。押さないで列になってくださいな。お金はわたくしが受け取りますから、こちらの台帳にお名前を書いて、最後にこの美形の軍人様から、会員台紙を受けとってくださいませ」

「おい、杏。俺は荷物持ちだけでいいと言うから来たんだぞ」

不満げな真の背を、杏は両手で目いっぱい押し出す。

「ここまで来たら一緒でしょう。無駄に整った美貌を発揮する時ですわ」

「無駄とか言うな！　――うっ」

真は、女学生たちから送られる好奇の視線に根負けした。

仕方なく台紙を取り出して、記名を終えた生徒に両手で渡す。

「どうぞ」

すると、列の全体から「きゃー」と黄色い歓声が上がった。

びくっと肩を揺らした真から助けを求める視線を送られたが、杏はそ知らぬ顔で、名前でいっぱいになった台帳をめくったのだった。

「女学生とは、なんてやかましい連中だ……」

疲れた顔の真は、小銭を大量に詰めこんだ箱をかかえて、足取りも重く歩いていた。

「真様が綺麗だから、みんな興奮してしまったのだわ。わたくしたち女学生は、普段男性と接点なく暮らしていますもの」

彼の隣を意気揚々と歩く杏の腕には、分厚い会員台帳が二冊もある。

最終的に、噂を聞いた下級生までも駆けつけ、白椿女学校の生徒のほとんどが会員になってくれた。

持っていった台帳では足りず、急きょ教師に頼み、教務用の在庫を一つ譲ってもらった。名前を書いた生徒の内、半分くらいは真の手から台紙を受け取りたいという下心があった気もするが、これで興味を持って劇場に来てくれるなら万々歳だ。

真は、杏が大事そうにかかえる台帳を恨みがましい視線で見やる。

「よく考えたものだな。会員である友達に連れられて観劇した場合、一圓の小遣いの範囲で月に三回観られる。歌劇団が得るのは一人当たり九十銭。二回でも六十銭。一公演に五十銭かけてもらうよりは高い収益だ。ただし、もしも会員が一人きりで一度しか来なかった場合は、三十銭だぞ」

「そのための会員台紙ですのよ。最初に二十銭出しているから、必ず二回以上はいらっしゃいますわ。それに、絵も凝っているから肌身離さず持ってくださいます。こんなに綺麗だったら誰かに見せたくならなくって？」

　杏は、自分の懐から一枚取り出した。

　会員番号壱。記名は『萩原杏』である。

「竹久夢二は依頼料が高いのだもの。高畠華宵は、まだ少女雑誌にも出たてで、なおかつ美少年を描くにはぴったりの美麗な作風だったので、目をつけておいたのですわ」

「お前の目ざとさには、つくづく感心する」

「ふふ。もっと褒めてくれてもよくってよ」

「何をやるにも迷いがなくて、うらやましい」

　いつもの軽口が返ってくると思っていた杏は、きょとんと目を丸くした。

「それを言うなら、わたくしより真様の方が迷いなく生きている気がいたしますわ」

　真は、華族でありながら軍に所属して、真面目に勤労している。

　持てはやされる容姿や家柄を持っていても、驕《おご》ることなく生きている。

　そして、父親に従って生きていた杏に、操り人形でいいのかと叱咤するくらいには、個人を尊重する心持ちでいる。

　初対面の時こそ、女性への偏見に満ちているように見えたが、男と同じ条件で社会に出ろと言ってくるあたり公正で中立だ。手加減を知らないだけである。

　女性だから大目に見てやろうなんて方が、よほど偏っている。

「わたくし、ずっと聞いてみたいと思っていましたの。あなたはどうして女性が嫌いですの？　家柄はとびきり上級だし、その容貌なら黙っていても女性からちやほやされて、気分が良さそうだと思うのですけれど」

「……何を言っても、怒らないか」

暗い顔で前置きされた。杏は、こわごわと頷く。

「はい。怒りません」

「以前、裏切られたことがある」

「誰に？」

「全てに」

「全て……？」

杏が怪訝な顔で立ち止まると、真も一歩先で振り返った。

透き通った黒い瞳が、感極まったように熱く潤んでいる。

「それも過去のことだ。俺は、お前を見つけた。だからもう過去なんていらない。お前さえいればそれでいい」

真はくるりと踵を返して歩き出す。

杏はというと、彼の言葉の意味が分からなくて鸚鵡《おうむ》のように呟いた。

「わたくし、さえ、いれば？」

広い背中が遠ざかるのを呆然と見つめていると、ざっと風が吹いて黒い髪がなびいた。

あらわになった耳が、夕焼けとは違う紅に染め上がっているのを見たら、唐突に分かってしまった。

杏の何かが頑なな真の心を溶かした。

そして彼に、最低最悪なお見合いでの出会いが、実は見つけたとしか表現出来ない巡り合わせだったと気づかせてしまった。

真は、杏こそが、世界でたった一人の〝運命の相手〟だと言ったのだ。

動揺して動けない杏を、真はほんのわずかに顔を傾けて振り返る。

「……帰るぞ」

「は、はい」

杏は、駆け足で彼の後ろについて、つかず離れず黙々と帰路を進んだ。

真のたくましい背中に、何度も手を伸ばそうとしては諦める、どうにももどかしい道程だった。

第六章　秘密は劇場にあり

「見つけた……」

杏は、長箒の柄を左右に動かしつつ独り言を呟いた。

真の告白を聞いてから、仕事に身が入らない。

売上の勘定表を見ても、債務の請求書を開封しても、舞台稽古に立ち会っても、頭の片隅には女学校帰りに見た真の後ろ姿がよぎる。

「わたくし、どうしてしまったのかしら」

天井を見上げると、ちょうど背中側から覗き込む人物と目が合った。

「よほど掃除の仕事がお気に召したらしいな」

「真様！」

仕事帰りに寄ったらしく、彼は軍服を着ていた。

「どうしてこちらに？」

「それはこちらの台詞だ。まだ梅雨時だというのに、年末の大掃除までやってしまうつもりか？」

「え？」

我に返った杏は、ようやく自分が未使用の小楽屋まで掃除していたことに気がついた。

「わたくし、いつの間にここへ？　公演は？　お琴さんに、カレンさんは？」

「もう終わったし、とっくに帰った。お前が見つからないとやきもきしていた従業員も帰したぞ。鍵は預かっている」

「そうでしたの……。考えごとをしていて、つい夢中になってしまいましたわ。わたくしも帰り支度をしますから、ホールで待っていてくださいませ」

杏は、会話を切り上げて、手を洗うために楽屋を出た。


劇場裏手の水場で、桶に溜めた水を手の平に遊ばせる。

地下から汲んだ水はひんやりと冷たいが、もう六月も下旬に入った。

「こんなこと、している場合ではないと分かっているのですけれど……」

怪盗ファントムは、まだ捕まらない。

杏が企画した乙女互助会が成果を上げて、友達連れで劇場へやってくる白椿女学校の生徒が見られるようになった。

若い女性でも安心して観られる舞台だという話が広まり、訪れた少女たちがまた別の友達を連れてくる。

おかげで客数は維持出来ているが、いつまでも同じ演目を続ける訳にはいかない。

公演を閉じるには、最終日である千穐楽を迎えなければならない。

そうすれば、カレンは誘拐されてしまう。

カレンが傷つけば、琴子は悲しむ。空太郎も同様だろう。

帝華少年歌劇団の看板である彼らに何かあったら、屋台骨の団員たちは動揺する。

そうなれば歌劇団は、手当てする暇もなく崩れてしまう――。

「誰も傷つかず、誰も悲しまず、怪盗だけを捕らえる方法があればいいのに……」

ぼんやりしながら手を拭い、袖をまとめていた襷を取る。

裏口から劇場に入って鍵をかけ、真が待つホールに行こうとした。

扉に背を向けた瞬間、かちゃりと金属音が耳をついた。振りむけば、かけたばかりの錠が、ゆっくりと回っていた。

(外側から、鍵が開けられたのだわ)

良からぬ気配を感じて、杏は、とっさに近くの大道具置き場に隠れた。

ぎいと嫌な音を立てて裏口が開き、外から厭みったらしい笑い声が聞こえてきた。

「わっはっは。相変わらず簡単な錠だのう!」

そっと陰から覗くと、羽織袴を身に着けた小澤だった。

その後ろには、ぞろぞろと六人の男たちが連なっている。

最後尾は、無礼千万なしゃくれ男。その前を壮年の男性が歩く。

貫禄のある男性たちは、全員が闇にまぎれそうな暗い色の召し物だった。

山樂会の面々だろうか。

小澤の性格からするに、劇場には我が物顔で正面切ってやってきそうなものだが、なぜ裏口から入ってきたのだろう。

「小澤殿。ほんとうにここで開催しているのだろうな」

ポーラー帽を被った心配そうな男に、小澤は上機嫌で答える。

「そうじゃ。神楽坂の連中は生意気で好かんが、好条件の場所を売ってくれたことにだけは感謝せねばなあ。これで、帝華少年歌劇団が潰れてくれれば万々歳じゃ！」

その口ぶりに、杏は眉をひそめた。

真に解説したように、彼らにとって帝華少年歌劇団が支払う賃貸料は、決して安くない収入となっているはずだ。それなのに、どうして潰れてほしいのだろう。

一行は、下手側の舞台袖に入った。

最後尾が見えなくなると同時に、杏は廊下へ飛び出して、忍び足で後を追う。

小澤を先頭にした男たちは物珍しげに舞台裏を見ている。

歌劇好きを引き連れて舞台裏見学に来たのかと思いきや、彼らはあっさりと舞台を通り過ぎて上手の袖で止まった。

下手側の緞帳に移動した杏は、布を揺らさないよう息を潜めて耳をそばだてる。

「おい、小澤。会場など、どこにもないではないか」

「そうだ。わしらは舞台裏見学をしに来たのではないぞ！」

「ここからだ！　見ておれ！」

小澤は、懐から取り出した扇子をぱっと開いた。

「さあさ、夢の世界へご招待ぃ！」

それを合図に、例のしゃくれ男が壁についていた金属の取っ手を押し下げた。

ゴゴゴゴと辺りが揺れて、舞台の一部が四角に切り抜かれたように下がる。

床板を上げ下げするセリ上げという装置だ。役者を乗せてあっという間に舞台に登場させたり、はけさせたりするために使用する。

「さらに下へ！」

小澤の命令で、しゃくれ男は取っ手に両手を乗せて、全体重を預けた。

ガゴン、と骨でも折れるような鈍い音が響き、取っ手は壁にくっつくような角度で曲がっていた。

（壊れてしまいましたわ！）

杏が驚きに息を呑む。と、強い振動が起きて、舞台が大きく揺れた。

程なくして舞台に戻ってきたセリは、もはや舞台の一部を切り取ったものではなく、地下へ延びる螺旋階段へと形を変えていた。

（どうなっているの？）

一行は、現れた階段を下りていく。杏は足音を立てないように舞台を過ぎて、上手側にあるセリ上げの取っ手を確認する。

普段は、動かしてもせいぜい上下六十度までだ。

杏も一度だけやらせてもらったことがあるが、ちょうどその辺りでかちりと溝にはまる感触がする。同時にセリも動き出すので、普通はそこで手を離してしまうのだ。

しかし、しゃくれ男は取っ手が壁と平行になる角度まで押し込んだ。

それこそ螺旋階段を出現させる起動装置《スイッチ》だったのだろう。

「山樂会がした工事は修繕ではなくって、この仕掛けを作ることだったのね……」

杏は、意を決して階段に近づいた。

一行は、すでに階段を下りきってしまったようだ。小澤の笑い声は聞こえない。

薄い鉄板で出来た段は、円を描くように地下へと続いている。

この先に何があるのか。確かめるには行くしかない。

そろりと一歩を踏み出す。階段に手すりの類いはないので、一段一段、慎重に歩を進めないと転がり落ちてしまいそうだ。

捩花《ねじばな》の花びらの上を歩いているような錯覚に襲われながら、舞台下の暗い空間を過ぎて、さらに地下へと進む。

目が暗闇に慣れた頃、不安げに下ろした足が地下通路に着いた。

「ここは……」

杏はそこに広がる空間に思わず目を見張った。

絨毯を敷きつめた廻廊と壁かけ照明を等間隔で灯した木張りの内装は、まるで洋館のようだ。もしも目隠しして連れてこられたなら、ここが劇場の地下だとは思うまい。

足音を立てないように廻廊を進むと、重厚な鉄製の扉に辿り着いた。

外国語が刻印された扉は、杏の顔より大きな蝶番の付いた車輪式で、絨毯に円い跡が付いている。

重いせいで閉めるのも容易ではないのだろう。

わずかに隙間が空いていて、漏れ出した細い光が杏の方へと伸びていた。

扉に忍び寄って隙間に目を当てる。シャンデリアが照らす薄暗い室内では、蓄音機からクラシック音楽が流れ、紫煙がくゆっていた。

中央に設置された扇形のゲエムボードには、赤黒二色のルーレットが置かれ、髪を整髪油で撫でつけたディーラーがトランプを切っている。

「劇場の地下に、どうしてこんな場所が……」

そう口走った杏は、部屋の隅の硝子ケースに目を留めた。

なかには、宝飾品が飾られている。

透明度の高い蒼玉《サファイヤ》が光る指輪や、大粒の金剛石《ダイヤモンド》を無数にちりばめた宝冠《ティアラ》、上品な艶をまとった真珠の首飾りが並ぶ。

どれも杏には見覚えがない。けれど、どこにあったかは知っている。

これらは、新聞に怪盗ファントムの盗品として羅列されていた品物だからだ。

(小澤は、盗品を賭ける賭博場を作るために劇場を改装したんだわ!)

杏は、山樂会には神楽坂子爵家より重んじるべき資金源はないと思っていた。

だが、賭博場を営んでいるとなれば話は別だ。

怪盗を名乗って犯行を繰り返し、帝華少年歌劇団に強盗の罪を被せようとしているのは、悪評が立って歌劇団が潰れれば、賭博場へ人目を気にせずに出入り出来るからだろう。

汚い大人のやり口に、杏のなかで沸々と怒りが湧き上がった。

一言叱りつけるでも、一発殴るでもいい。とにかく黙って見過ごす訳にはいかない。

杏は、鼻息荒く扉を開け放とうとした。

その瞬間、

「おい」

「ひっ」

後ろから口を塞がれ、同時にかけられた声に飛び上がる。

「早まるな」

いつの間にか、後ろに立っていたのは真だった。

彼は、不意を打たれてドキリとした杏の頭の上からなかをうかがう。

そして紳士の一人が帽子を外したのを見て、嫌な匂いでも嗅いだように口角を下げた。

「……まずいな」

そう言うなり、杏を小脇にかかえて、すばやく階段を上りはじめた。

「どこへ行くつもりですの？」

「地上だ。黙っていろ」

「嫌です。わたくしは歌劇団の支配人として、大切な劇場の地下にこんな場所を作った山樂会に、異議を申し立てる責任が――」

「うるさい」

真はポケットから取り出した飴玉を、わめく杏の口に放りこんだ。

「むうっ」

「昨日買ったばかりだ。悪くはなっていないから、安心して口を閉じていろ」

何が何でも静かにさせたいらしい。

運ばれている杏は他になすすべもなく、甘酸っぱい小梅味の飴玉を舌の上で転がすのだった。


真は、杏をかかえたまま劇場を出て大通りまで走り、路面電車の待合室に飛びこんだ。

煙っぽい室内には幸いにも他に人がいなかったので、戸に鍵をかける。

「追っ手は来ていないようだが、念のために他の場所を回ってから屋敷に帰るぞ」

用心深く窓掛を閉める真に、杏は頰を膨らませた。

「あの場からしっぽを巻いて逃げ出すだなんて、あなたそれでも軍人ですの？　情けないわ」

するると、ひくりと真のこめかみが動いた。

「お前、自分がどれだけ危なかったか分かっていないのか。相手は大の男が十人。どれだけの武器を所持しているか分からない。対して俺は丸腰、お前は女なんだぞ。乗りこんで何が出来る？」

「女、女って見くびらないでくださいませ。わたくしだって引っ掻くくらい出来ますわ！」

「爪を立てたくらいで参るやつらだと思うか。客のなかには、国内外に有力な繋がりを持つ実業家や、次期内閣入りが噂される政治家までいた。そんな相手を敵に回してみろ、歌劇団どころか、お前まで危険にさらされる」

「危険が何ですか。わたくしは、歌劇団のためなら火のなかにだって――」

「火傷で済むような相手じゃないと、どうして分からない！」

低い声で牽制しつつ、真は杏の手首を摑んだ。

「痛いわ。真様、放してくださいませ」

「離せと言われて放すような人間ばかりだと思うな。こんな細い腕なんて一ひねりだ。盗品賭博に加担する悪人どもに捕らえられたら、女のお前がどんな目に遭うか、俺には簡単に想像出来る」

真はそう言うと、今までの横暴が嘘のように弱気になって、杏の肩に顔をうずめた。

「お前を、女のくせにと見下している訳じゃない。女だから、恐ろしい目に遭わせたくないんだ……」

心がすり切れるような切実な声だった。

彼が正義より、杏の身を第一に考えているのが伝わってきて、杏の胸がきゅんと鳴る。

「わたくし、我を忘れていましたわ。ごめんなさい」

素直に謝ったが、真は離れるどころか背に腕を回して、いっそう強く抱きしめた。

「……今、歌劇場の怪人の気持ちが分かった」

「え？」

「お前をどこかへ連れ去って、汚いことや危険なことから遠ざけたい。俺だけが触れられる場所に閉じこめて甘やかしたい。こんなに苦しいものなのか、恋というのは……」

悔しそうな声色は、とても恋に落ちた男のものとは思えない。

本人も、どうして杏にそんな気持ちを抱いているのか、分からないのだと思う。

重力みたいに意識出来ない力が働いて、杏に惹かれている雰囲気だった。

「何かの間違いではありませんの。あれだけ悪態をついて、婚約話を破談にしたあなたがわたくしを好きだなんて」

「気が変わった」

「一言で片付けないでください。それこそ、今さらではありませんか……」

杏が支配人をまかされた期間は、ひとまず一年ということになっている。

それが、帝華少年歌劇団という事業が存続出来るかどうかの期限だ。

「歌劇団を立て直せても立て直せなくても、わたくしは一年が過ぎたら神楽坂家を出て、女学校に復学するつもりでおりました。そこで真様との付き合いは終わりですのに」

「それまでに、再びお前の家に縁談を持っていく。父親には俺から、お前を神楽坂子爵家に迎えたいと説明する」

「本気でおっしゃっていますの？」

喜んでいいのか分からず、杏は不安な顔をした。

聞こえる言葉は現実だろうか。

好意を抱いているのは自分の方だけだと思っていたから、嬉しいのに信じきれない。

「冗談でこんなことは言わない」

真の表情はいつになく真剣だ。

彼は、杏との関係を結婚という形に着地させようとしている。神楽坂家の跡継ぎを産むための女としてではなく、一人の人間として己の伴侶に望んでいる……。

思わず杏は真の広い胸に飛び込みたくなった。

けれど、恋の衝動は責任感によって止められる。

琴子には、支配人を立派に勤め上げると豪語した。団員も信頼してくれている。

家庭に入って腰を落ち着けるということは、彼らへの裏切りにならないだろうか。

男女を平等に考える真なら、杏を家に縛りつけはしないと思う。

しかしながら、杏が夢見てきた職業婦人は、所詮は結婚する前の姿。

結婚後も、自分が同じように働けるかどうか、上手く想像出来なかった。

「……考えさせてくださいませ」

やっとのことでそう言うと、真は寂しげに体を離したのだった。

路面電車に乗って回り道をしたりして、神楽坂邸に帰り着いたのは深夜だった。

劇場の仕掛けについて報告するため、杏と真はまっすぐ空太郎の執務室に向かう。

部屋に入ると、琴子とカレンの姿があった。西洋椅子に並んで座り、憔悴した様子で肩を寄せ合っている。

いつになく不穏な空気のなか、最奥の机にかけた空太郎が乾いた表情で言う。

「二人とも、おかえり。帰りが遅かったから心配していたよ」

「少々困ったことがありまして、市中を回って人をまいてきたのですわ。お二人はどうなさいましたの？」

「杏ちゃん、それを」

険しい顔をした琴子が、カレンの肩を抱きながら空太郎の机を指さした。

そこには、粗雑な紙を使った雑誌が山積みになっている。

表紙のおどろおどろしい文字を見る限り、全て低俗な悪辣紙《ゴシップ》だ。

「またですか。今度は何て書かれていますの？」

うんざりしつつ手に取った杏は、記事を読んで文字通りのけぞった。

表紙には『怪盗は自作自演！』の文字。

肝心の中身は、帝華少年歌劇団と怪盗ファントム事件の関連性を特ダネのように記している。

「なんて恣意的な記事。まるで、歌劇団が怪盗ファントムを派遣していると、確定したようではありませんか」

「おい、これは……」

眉をひそめる真の手には別の雑誌がある。

そこに掲載されていたのは、空太郎とカレンが桜の下で寄りそう写真だった。被せるように『少年歌姫と若子爵の禁断の恋』との中文まである。

杏は、消沈しているカレンを見て唇を噛んだ。

「こんなの酷すぎますわ」

憤慨する杏とは対照的に、真は冷静に雑誌を屑入れへ放りこんだ。

「世間からこういう反応をされることは分かっていたはずだ。落ち込むことではない」

「そうだね、シン。たまたま私と星宮カレンを見かけたのが、低俗な記者だっただけだ。琴も気にしてはいけないよ。私は平気だ」

琴子に微笑みかける空太郎は、華族らしい態度で悪辣誌をこき下ろす。

「私に関する下賤な記事は放っておきなさい。しかし、怪盗が歌劇団の手先だと噂されてはかなわないから、そちらには抗議を申し立てようと思う。いいね、萩原支配人」

「はい。それとは別に、聞いていただきたいことがあります。劇場の地下に、賭博場を見つけましたの」

「何だって?」

杏の言葉にもっとも驚いたのは、毎日のように帝華劇場に通っている琴子だった。

「賭博場なんて僕は見たことないよ。どこにあったの?」

「舞台の真下ですわ。セリ上げ装置の取っ手を真下まで動かすと、地下へ続く階段が現れるようになっていましたの。山欒会は、あの場所を秘密裏に作るために、三カ月も劇場を封鎖して工事したのです。恐らく、はじめからそうやって使うつもりで劇場を買い入れたのですわ」

「地下賭博の客には実業家や政治家の姿があった。しかも賭けられていたのは怪盗ファントムの盗品だった」

真が補足すると、空太郎は絶句した。

「……困ったことになった。下手に表沙汰にすると、こちらが返り討ちに遭ってしまう」

しばらく呆然としていた空太郎の口から出た台詞は驚くべきものだった。

「どうして返り討ちですの? 相手は犯罪者ですわ。通報して逮捕されて終わりではありませんか?」

杏が意見すると、真が険しい顔で反論した。

「目撃者は俺とお前だけだ。相手は否認するし、立証出来ない」

「賭博場も盗品も確実に存在しておりますわ。摘発してしまえばいいでしょう」

「摘発すると、現場保存のために劇場が接収されるぞ。工事会社から実際に工事に携わった日雇い労働者、日頃出入りしている団員や従業員まで、ありとあらゆる関係者を洗い出して、裁判が終わるまでは公演出来なくなるが、いいのか？」

「いけませんわ！」

結審まで何年かかるのか想像して、杏は青くなった。

帝華少年歌劇団は、文字通り少年の団員だけで構成されている。

男役は寿命が長く、結成から今まで続けて二十歳を過ぎている者が多いが、娘役となると十九歳のカレンが最年長である。

それも、彼が華奢で身長も低いから出来る芸当で、平均退団年齢は十七歳くらいだ。

時は残酷に過ぎゆく。

接収されている間にも、才能ある少年たちは大人になってしまう。

「女学生の君は知らなくて当然だが、有力者の多くは恐ろしいほど国家権力に顔がきくものなのさ。下手に追及すれば、こちらに暗殺の手が向けられる危険もある。場合によっては東京駅でさっくり刺されて終わりだろうね」

「何てところにいるのかしら、わたくしは……」

空太郎の言葉に眩暈《めまい》を覚えて、杏は琴子たちの向かいの西洋椅子に崩れ落ちた。

「これで分かりましたわ。相手は正攻法では敵わない相手。出来るだけ迅速に怪盗の悪事を明るみにして、歌劇団の汚名をそそぐ方法が必要ですわね」

「何か考えついたか？」

真上から覗きこむ真に、杏はきっぱりと答える。

「いいえ。ひらめいておりません」

「……聞いた俺が悪かった」

真は、バツが悪そうに溜め息をついた。

その重さに、びくりと肩を揺らしたカレンは、泣き腫らした顔を上げる。

「脅迫状も、怪盗も、私を狙っています。私のせいで、こんな酷い記事を書かれて、神楽坂家にご迷惑をかけました……」

「カレンのせいじゃない。悪いのは怪盗ファントムだ！」

必死に訴える琴子に向けて、カレンは首を横に振る。

「そうだとしても。これ以上ご迷惑をかける訳にはいきません。私が怪盗ファントムに誘拐されれば、歌劇団への疑いは晴れましょう」

「何を言っているんだ！」

制止する琴子の声は、もはや悲鳴に近い。

ぎゅっと握られた手をするりと引き抜いて、カレンは立ち上がった。

そして、深く膝を曲げて腰を下ろす歌劇団式のおじぎを、上座の空太郎に捧げた。

「歌も踊りも素人の私を拾ってくださった先代の幸太郎様、そして私を慈しんでくださった空太郎様に心から感謝しております。どうか不義をお許しください」

「私を置いていくのかい、カレン」

空太郎の声には、妻に三行半を突きつけられたような悲壮感が漂っていた。

「すみません……もう十分です」

カレンは、そっと自分の右手に触れて、薬指にはまっていた指輪を外した。

空太郎の指にも、同じ意匠の指輪がある。これは二人の愛の証だ。

指輪を机に置いたカレンは、凜とした表情で杏に向き直った。

「支配人。私、星宮カレンは『歌劇場の怪人』の千穐楽で、この帝華少年歌劇団を退団いたします」

「そんな……」

杏は、喉に詰まりを覚えて口ごもった。

空太郎もそんなことはやめてくれと言いたげに顔をしかめる。

もしもここで退団を認めれば、星宮カレンと神坂真琴——雲雀と謳われるトップ娘役と彼に恋するトップスターにしか魅せられない歌劇が終わってしまう。

杏が支配人として恐れなければならなかったのは、酷い噂でも悪だくみに長けた大人でもなかった。

美しい歌劇に欠かせない才能が、絶望して舞台を去ってしまうことだったのだ。

「杏、認めてやれ。星宮にはその自由があり、お前にはその責任がある」

真はどこか達観した表情で杏の肩に触れる。

彼の言わんとしていることは分かる。無理やり少年歌劇の舞台に上げても、カレンにやる気がなければ意味がない。
そう。分かっているから複雑なのだ。
カレンなしで、どうやって帝華少年歌劇団を導いていけばいいのだろう。
「支配人、お願いします」
カレンの赤くなった瞳が、切実に、固い決意を訴えてくる。
彼の覚悟は崩せない。
彼ほど人生をかけて、恋も演技もしたことのない杏には。
「……分かりました。千穐楽での退団を、認めます」
願いが聞き届けられたカレンは、一礼すると厳かな足どりで退室していった。
残りの登場人物たちは、まるで心のない人形のように動けなかった。
特に空太郎の衝撃は大きく、やりきれない顔で額に手を当てている。
静かな夜は、杏の後悔と、琴子の悲哀と、空太郎の失望を乗せて更けていった。

第七章

夜を超える二重配役

醜い噂というのは怒濤のごとく人の心を魅了するらしい。

悪辣紙に載った効果により、帝華劇場や神楽坂邸には、報道精神をかなぐり捨てた記者や、団員に罵声を浴びせたい暇な人々が殺到した。

そのせいで公演は休止が続いている。

混乱に巻き込まれて怪我人でも出たら、世論が帝華少年歌劇団を解散させようという方向に動きかねないからだ。

「こんなはずではありませんでしたのに……」

杏は、自室の書き物机に顔を伏せていた。

頰の下には赤い手帖を開いているが、そこに記した公演計画はとっくに白紙となっている。

空太郎は、仕事に差し障りがないよう複数の高級ホテルに部屋をとって、日によって泊まる場所を変えていた。

家長の不在に、家のあれこれを取り仕切るのは真だ。

カレンは、杏から退団許可をもらった翌日に、琴子以外の団員を寮の玄関ホールに集めて、歌劇団を退くことを知らせた。

団員はこぞって涙した。カレンが誰よりも歌劇団を愛し、努力を重ねてトップ娘役を務めていると知っていたからだ。

琴子はというと、あれ以来、自室に引きこもっている。

カレンの幸せのために舞台に立ち続けてきた彼女にとって、退団宣言は心臓を刺されるように痛いものだったに違いない。

公演再開を夢見て稽古に勤しむ団員たちは、琴子の態度の方に不満を募らせていた。

誰より熱心だった彼女は、団員を集めて行っていた朝の打ち合わせや、舞踊や歌の練習にさえも現れなくなった。

憧れがいなくなった少年たちの統率は崩れた。不満は不信を呼び、劇団全体に神坂真琴がトップスターでいいのかという疑念が、日に日に膨らんでいく。

このまま団員が不仲になってしまえば、観客を感動させることなど出来ないだろう。

人は不穏な気配を敏感に感じ取るものである。

帝華少年歌劇団は、怪盗が手を出してくるかどうかにかかわらず、空中分解の危機を迎えていた。

「何とかしなくてはいけませんわ。経営を立て直せても、歌劇団がバラバラになってしまったら意味がないのですもの……」

その時、控えめに戸が叩かれた。

重たい腰を上げて出ると、暗い顔をした使用人が杏宛ての小荷物を渡してくれた。

「お父様からだわ」

足早に机に戻った杏は、焦げ茶色の包装紙を開けた。

包まれていたのは、臙脂色の布表紙の写真綴り《アルバム》だった。

添えられた便箋には、こう書かれている。

『子爵から辛い状況だと伺った。諦めずに頑張りなさい。お父様も、天国のお母様も、お前を見守っているよ』

「お父様……」

杏は、父の気遣いに感謝しつつ、写真綴りを開いた。

母がまだ赤ちゃんの杏を大事そうに抱いているものや、尋常小学校の入学式の日に精一杯おすましして撮ったものなど、様々な記念写真が並ぶ。

にぎやかで明るく、いつまでも幸福が続くかと思われたが、正月に撮った家族写真を最後に白紙の頁に変わる。

母が亡くなったからだ。

その後の杏と父は、熱が引いたように自分たちの写真を撮らなくなった。記録に残さなければ母を失ったことにならないと、心のどこかで思っていたのかもしれない。

けれど、どんなに意地を張ったって、時間は戻りも止まりもしなかった。

大きな喪失を味わってからの人生も、空白ではないのだ。

杏は、写真綴りをじっと眺めたあと、ここに来てからの人生を思い返すように、手帖に挟んであった『歌劇場の怪人』の半券や乙女互助会の会員台紙を続きの頁に貼っていった。

それでもまだ満たされなくて、他に貼れるものがないか探す。

乱暴に机の引き出しを開けると、大判の写真が現れた。

「これは……寮の掃除をした時に見つけたものだわ」

自身の思い出ではないけれど、大切な歌劇団の記憶だ。

糊をつけようと裏返した杏は、癖が強い走り書きを見つけた。


『――帝華少年歌劇団結成の記念に』


日付は五年前になっている。

まんなかに座っているのは、歌劇団を作った故・神楽坂幸太郎子爵。

その両脇にいるのは、結成時のトップスターとトップ娘役のはずだ。

右には、愛らしくはにかむ星宮カレン。

その反対側にいるのは――気難しそうな表情の神坂真琴だった。

「おかしいわ。お琴さんは、二代目のトップスターのはず……」

二年前に先代が退団して、歌劇団は解散の危機にさらされた。

カレンは悲しみ、それを知った琴子が女性であることを隠して新たなトップスターになり危機は去った。杏はそう聞いている。

けれど、写真では、琴子は結成当時からトップを張っていたようだ。

「なぜあんな嘘を——？」

いや、嘘ではないのかもしれない。

つまり、写っている最初のトップスターが別人ということだ。

（まさか、そんなこと）

信じられない気持ちで自室を飛び出した杏は、庭を走って寮へと駆けこむ。

玄関ホールでは、団員たちが稽古に汗を流していた。

「あれぇ、支配人。息を切らすほど全力疾走して、どうかしたの？」

杏を呼んだのは、柔軟を終えた虎徹だった。身に着けた紺色のレオタードの腰には、彼が好きな色だという黄色い衿布を巻いてある。

「話をお聞かせ願えませんこと。お琴さんの前にトップスターだった方についてなのですが……」

「前の？　そんな人いないよ。帝華少年歌劇団のトップスターは神坂真琴ただ一人」

「ほんとうに？　他の方はおりませんでしたの？」

「うん。ぼくは去年、入団したけれど、観客として結成公演を見たから間違いないよ」

「どうしました、支配人」

通りがかったのは、昼食の弁当の手配書を持った辰彦だった。

「支配人が、歌劇団にはお琴さん以外のトップスターがいたんじゃないかって。辰彦は、結成当時からいるんでしょう。そんなことってなかったよね？」

「ひょっとするとあのことでしょうか。支配人は、お琴さんが芸名を変えているのをご存じで？」

「いいえ。詳しく教えていただけますか」

「彼は、二年前に一度は退団を決意したのです。けれど、思い直して再び舞台に立ったんですよ。何か書く物をお持ちですか？」

「書く物なら、ここに」

杏は赤い手帖を開いて、辰彦に向けて掲げた。

挟んでいた万年筆を握った辰彦は、迷うことなく筆を走らせる。

書かれた名前は二つ。

見慣れた『神坂真琴』。

そしてもう一つは『神坂真《まこと》』――。

「歌劇団に戻った際に、芸名の〝神坂真〟に琴の字を加えた〝神坂真琴〟に変えられたのです。団員がお琴さんと愛称で呼ぶようになったのは、それからですよ。それまでは神経質そうで、あだ名で呼べる雰囲気ではありませんでしたから……」

芸名が〝神坂真琴〟になる前のトップスターは、今とは別人のようだったらしい。

杏は、推理に手応えを感じながら、それでも疑問に思う。

「あなたたちは、お琴さんに双子のご兄弟がいることをご存じ？」

杏の問いかけに、辰彦はただでさえ細い目をさらに細めて頷く。

「知っていますよ。シン様でしょう。軍部に所属してらっしゃる」

「ご姉妹については？」

それには、虎徹が手を挙げて元気よく答えた。

「はいはい、知ってる！　学校の寮におられるんだよ」

「シン様とお琴さんの姉君でしたら、学習院を出て今は女子高等師範学校で勉強してらっしゃるとか。実際にお見かけしたことはありませんので風貌は知りません。華族の令嬢らしく、寮から神楽坂邸に帰っていらしても、男所帯のこちらには近寄られないので」

「そうでしたのね」

二人の証言により、杏は確信した。

団員の間では、真、真琴、琴子の存在が混線している。

帝華少年歌劇団の歴史に隠れた二人一役《ダブルキャスト》には、誰も気づかなかったようだ。

気づきたくなかったのかもしれない。

大切に想う人を失うのは、身を切られるように辛いことだ。

空白を認めないことで守られる心もある。

「……その方のところに記者が向かっていたら、ご迷惑だろうと思いましたの。寮におられるなら安心ですわね。二人ともお話を聞かせてくださって、ありがとう。稽古を頑張ってくださいね」

不思議そうな二人を残して、杏は寮を飛び出した。

黄昏に染まった芝生を、母屋に向かって走る。

あかね色に澄んだ空とは違い、歌劇団の上には、様々な不安が渦巻いている。

同じ顔をした二人のトップスター。

退団する舞台で誘拐される予定の歌姫。

怪盗ファントムと舞台地下の賭博場。

一見すると、歌劇団を揺るがし、壊してしまう要因たち。

どれも手強いが、打開策はどこかにあると、杏は信じていた。

「きっと見つかるわ。わたくしさえ諦めなければ……」

支配人としての重圧を感じながら、杏は桜の木の下で足を止めた。

一時の盛りが嘘のように花びらが消え、枝には青葉が茂っている。

葉は、太陽から活力をもらい、幹を伸ばし、次の花を育む。花を散らして大人になった団員の歌劇愛が、新たに歌劇を志す少年へと受け継がれるように。

それはまるで、精霊になって歌劇場を守る、怪人の愛のごとく。

「……わたくし、ひらめきましたわ」

唐突な思いつきは、新芽が顔を出すように、杏の内から湧き出した。

迷っている暇はなかった。

決意を胸に母屋へ踏み出した足は、伸びた下草のなかに飛び石でも見えているかのように、前へ前へと進んでいく。

元より度胸とひらめきは折り紙つき。あとは、信用出来る協力者が必要だった。

闇の底にいる、この帝華少年歌劇団に、夜明けを呼ぶために。


真夜中を過ぎて、門外にたむろする記者が散り、明日の準備を終えた使用人たちが休むと、神楽坂邸はようやく静謐に包まれる。

しかし、杏は眠らずに、その時を待っていた。

あまり使われていない様子の書斎に忍びこんで、バルコニーを見つめる。バルコニーは二部屋にまたがって広く造られていて、目の前には大きな桜の木があった。

茂った青葉を見つめていると、戸が開く音がして隣の部屋から人影が現れた。

それは夜着をまとった真だった。

着物の懐に片腕を入れて、見事な枝振りと、その向こうに浮かんだ月を見上げている。

杏の耳に、小さな歌声が聞こえた。

それは、舞台の上で神坂真琴が披露する、怪人が歌姫へ贈る愛の歌。

透き通る声は、夜の闇に染みこむように切ない。

「わたくし、あなたが舞台に立っているところを拝見したかったですわ」

唐突にバルコニーに出ると、真の歌は途切れた。

「……何のことだ、杏」

ゆっくり振り向いた真は、杏の登場に驚いたことをおくびにも出さない。

杏は笑ってしまった。さすがは人を大根役者呼ばわりするだけある。

「興味ないような顔をしていらしたから、すっかり騙されていましたわ。あなたが歌劇に詳しいのも、舞台芸術がこの国では理解されないと知っていたのも、ご自身の経験によるものでしたのね」

「知らない。言ったはずだ。俺は歌劇が嫌いだと」

「ほんとうに嫌いなら、人は無関心になるものです」

「………………」

杏の断定に、真は何も言えずに顔を背けた。

普段はしゃんと伸びた背中が曲がり、やけに小さく見えた。

彼を傷つけたくない。けれど、ここで引き下がる訳にもいかない。

杏は、勇気を出して彼に近づく。

　――まず、一歩。

「この歌劇団は、二年前に解散の危機にさらされています。それが、トップスターの退団騒動でしたわ。しかし、彼は再び舞台に戻ってきました。芸名を変えて」

杏は、手帖を出して、辰彦に書いてもらった頁を開いた。

――二歩。

「現在の芸名は〝神坂真琴〟。以前は〝神坂真〟でした。今と読み方は同じですが、琴の字が足りなかったのです。つける必要がなかったからですわ。あなたにとって〝琴〟は、双子のお姉様の愛称。同じ字をつけたら紛らわしくなってしまいますもの」

そして、懐から例の写真を取り出す。

――三歩。

「これは帝華少年歌劇団を結成した時の記念写真です。裏の走り書きは、あなたが見せてくれた犯行予告の写しと同じく、払いの部分が長い筆跡ですわ。これはあなたの字。写っているのもあなた。書庫の床下に、隠した覚えがおありでしょう？」

――ついに四歩目。杏は真の正面に辿り着いた。

「あなたは、元は歌劇に情熱を燃やす少年でしたのね。海外で舞台芸術に見識を深めて、ついに帝都で旗を揚げ、トップスター神坂真として歩んでいらした。それなのに、逃げるように退団して軍へ所属された。どうして歌劇を捨ててしまわれましたの？」

「……裏切られたからだ」

真は観念したように目をつむってそう言った。

「その裏切りがどんなものだったのか、わたくしは知りたいのです」

正面きっての要求に、真は沈黙した。

無言を貫かれるかと思いきや、小さな声が漏れる。

「俺は、父の外遊についていった先で見た歌劇に夢中になって、国に戻ってから帝華少年歌劇団を結成した。だが西洋式の舞台は上手くいかず、その内に父が急逝した。爵位は兄貴が継ぐから、俺は歌劇団を率いていかなければと思っていたが、その矢先、葬儀で遠縁の女性が嘲笑しているのを聞いた」

――少年狂いの子爵が死んで良かった、これで神楽坂の恥もなくなるわね！

彼女はそう言っていたのだ、と真は唇を噛む。

「衝撃だった。彼女はよく劇場に足を運んでくれていた。思えば、野次馬気分の観劇だったんだろう。それから俺の耳は人の陰口ばかり拾うようになった。そして知った。俺が人生をかける気でいた歌劇団は、創立者である父が、色好みの少年を集めてお遊戯を見せる、やましい集団だと思われていたんだと」

真の口から語られた偏見の重さに、杏の心はヒリヒリと痛んだ。

少年たちも、歌劇も、それぞれが輝かしい魅力を持っている。

しかし世間は、革新的な物をまず疑ってかかる。自分たちが知っている物との違いを列挙して、ここが気に入らない、ここが駄目だと一斉に石を投げる。

大衆は、まずは笑い飛ばさなければ、受け入れる段階へと進めないのだ。

現在でも、悪辣紙の捏造や好色な噂にばかり気を取られ、色味の異なるセロファンを重ねたような、くすんだ色を通してしか少年歌劇を見られない人々がいる。

帝華少年歌劇団が創設された当時の風当たりの強さは、杏にも推し測れた。

「この国では、どんなに情熱を燃やして歌劇に打ちこんでも理解されない。俺はそう思った。お前のようには未来を信じられなかった――」

真は空を見上げた。仕草は自然だったけれど、瞳は潤んでいた。

泣くのを堪えようとしているのだと悟って、杏は目を伏せる。

「――俺は歌劇団を辞めた。十八の時だ。華族の特例で帝大に進学する道もあったが、あえて軍に入ったのは、歌劇に打ちこむ軟弱者だという風評を振り払いたかったからだ。それまでの俺は、陰で父親の操り人形と呼ばれていた」

「だから、父親に結婚相手を決められて、抵抗せずに顔合わせに現れたわたくしに、あんなに苛立ってらっしゃったのね」

杏の言葉に、真はごくごく小さな声で「すまなかった」と漏らす。

「俺はお前に自分を重ねていた。だがお前は、操り人形で終わる人間ではなかった。歌劇団の支配人になって、多くの人を劇場に呼びこんだ。そうしてやってきたのは、少年歌劇を観るのに抵抗を持たない客がほとんどだ。俺は驚いた、と同時に悔しかった。なぜ俺には出来なかったんだと。そして、なぜこの舞台に俺はいないんだと……」

真の声には悲しみの色が濃かった。けれど、そこに未練はない。

彼は、自らの意志で舞台を去った。

自分が抜ければ、帝華少年歌劇団が崩壊すると予期しただろうに、身を引いた。

父親の死をきっかけにして、真は、夢見る少年を過ぎて大人になってしまったのだ。

「真様。わたくしは少年歌劇の地位を向上させます。あんなに素晴らしい舞台が貶められていいはずがありません。こんなにも儚くて、愛おしくて、情熱的な劇団は他にありませんもの。帝華劇場にいらしたお客様はみんな、少年たちの歌劇を観て幸せそうな顔でお帰りになるんですのよ。わたくしがこの国を、舞台芸術に打ちこむ人が笑われない、そんな国に変えてみせます。だから、力をお貸しください。初代トップスターのあなたでなければ、帝華少年歌劇団は救えないのです」

真は、しばらく黙考した後、ふいに口を開いた。

「お前が神楽坂家を出ていかないと約束するなら、協力してもいい」

「！」

予想外の提案だった。自分が引き合いに出されると思わなかった杏は後ずさったが、離れきる前に腕を摑まれてしまう。

「逃げるな」

「約束出来ない、と言ったらどうなりますの？」

「歌劇場の怪人がどうしたか思い出せ」

杏の脳裏に、歌劇の儚くも美しい終盤が浮かぶ。

怪人は、歌姫を誘拐して、自分が棲む歌劇場の地下へ閉じこめる。

彼女が、自分以外の誰の目にも触れないように。

広い世界で、愚かな自分だけを見てくれるように。

手段を選ぶ余裕もないということだ。

――彼女のことが、たまらなく愛しいから。

「あなたがおっしゃったんじゃありませんか。女嫌いだから、結婚はしないと！」

「その価値観を叩き壊したのは、お前だろ」

杏は、真の顔を見上げた。

先ほどまで悲しみを堪えていた黒真珠の瞳は、雲のない夜空のように澄んでいる。

「杏、俺と結婚してくれ」

その言葉に、杏の心臓は撃ち抜かれた。

激しく鼓動が高鳴って、目の前がチカチカして、真の姿が浮かびあがるように光って見えて、ようやく杏は自分が感激しているのだと気づく。

選択権はたしかに自分にあるのに、真からは逃れられないとはっきり分かってしまった。

運命、真実の恋……どんな言葉で飾ろうと、一途な愛情は重たい。

結婚とは、きっと、自由に人生を謳歌する軽やかさを失って初めて得る幸福なのだ。

観念して、杏は真にしなだれかかる。

「神楽坂は口説くのが上手い家系なんだわ。きっと……」

「演技もな。悪い気はしないだろう？」

両肩を抱かれて身構えると、真の整った顔が傾いた。

かすかに伏せられた目元は紅い。

うっかり甘い雰囲気に流されそうになったが、

「待ってくださいませ」

唇が触れる寸前で、薄い頬に向けて張り手をかました。

思わぬ展開に、真は、手の平に押された格好のまま顔をしかめる。

「今の雰囲気で拒否するのか、お前は……」

「わたくしは、あなたほど浪漫主義者《ロマンチスト》ではありませんのよ」

「可愛げのない現実主義者め。俺に何をさせるつもりだ？」

腕を組んだ真に見せつけるように、杏は赤い手帖の新たな頁を開いた。

「惚れた弱みを見せていただきますわ」

第八章

舞台にかける恋の軌跡

千穐楽のその日、皮肉にも帝華劇場にはたくさんの観客が押し寄せた。

見るからに噂話につられた普段着の男性。禁断の恋を見届けに晴れ着でやってきたやんごとなき身分のご婦人たち。写真機《カメラ》を入念に準備しているのは、怪盗ファントムの犯行を激写してやろうという記者だ。

杏が啖呵を切った翌日、

『帝華少年歌劇団の歌姫・星宮カレンが千穐楽で退団！』

『千穐楽日決定。怪盗ファントムついに劇場へ！』

派手な見出しの新聞や悪辣誌が本屋に並んだ。

そうして杏の監修のもと故意に流された情報は、瞬く間に世間に知れ渡り劇場に人を呼んだのだった。

観客のなかには、保護者と足を運び、舞台前のおしゃべりを楽しむ白椿女学校の生徒の姿も見える。

二階桟敷で騒いでいるのは、小澤を中心にした山樂会一行だ。酒だの料理だのを運ばせて、すでに大団円気分である。

「いい気なものね……」

下りた緞帳の隙間から客席を覗いた杏は、ふうと息をついて体を反転させた。

西洋の街角風のセットが組まれた舞台には、口元以外を覆う仮面を付けた怪人役と、シフォンドレスをまとった歌姫役という、帝華少年歌劇団トップの二人がいる。

他にも、輝く衣装と化粧で一段と美しくなった団員たちが勢揃いしていた。

対して杏は、矢絣柄の着物に袴を合わせた女学生らしい服装である。胸元には手帖を挿し、顔の幅からはみ出すような大きいリボンを髪に飾って、気合いは十分だ。

「皆さん、ついに千穐楽です。これまで、わたくしの経営についてきてくださって、ありがとうございました。共にこの日を迎えられたことを感謝いたします」

杏が、膝を折って腰を下ろす娘役式のおじぎをすると、拍手が起こる。

温かな雰囲気に自然と頬が緩んだ。気のいい少年たちに支えられているからこそ、杏は支配人としてこの場に立てているのだ。

ただの女学生では味わえなかった幸福をくれた彼らに、最高の舞台を贈りたい。

「この歌劇団の魅力を、個性を、広く知っていただく日が来ましたわ。噂が何ですか。誘拐が何ですか。怪盗ファントムも腰を抜かす、素晴らしい歌劇を見せてやりましょう」

杏は、声を上ずらせて、拳を高く掲げた。

「正々堂々、行くぞ、帝華少年歌劇団っ！」

「おう！」

団員たちも拳を掲げて、この時ばかりは野太い声を上げた。

そして、一斉に袖にはけていく。壇上に歌姫だけを残して。

日頃から鍛錬を欠かさない団員たちの足は速かった。

だが重たい衣装を身にまとった怪人だけは、わざと歩調を緩めて、しばし一人きりになるカレンを心配そうに振り返ったのだった。

やがて鐘が鳴って、厚い緞帳が上がっていく。

『歌劇場の怪人』は、カレンが教会の前で聖歌を歌う場面からはじまる。

孤児の彼女は美しい歌声ゆえに、とある歌劇団の支配人に拾われる。そこで踊り子として暮らす内に、仮面で顔を隠した黒外套の怪人と出会うのだ。

舞台裏の階段を駆け上がる杏は、稽古中から思っていた。

この歌劇は、まるでカレンのために書かれたようだと。

細くて暗くて急な通路を息を切らして上りきり、壁に四角く開けられた窓から進行をうかがうと、舞台ではカレンが突如として現れた怪人におののいていた。

「あなたはいったい誰なの？」

カレンの問いに、怪人は口を開きかけたが――。

「待ちたまえっ！」

怪人の声が聞こえるより早く、客席の後方からよく通る中音域《アルトボイス》が響いた。

観客が振りむくと、そこには扉を両手で押しあけた〝神坂真琴〟がいた。

よれた白い上衣と皺だらけの洋袴は、衣装ではないと誰が見ても分かった。頬は泥で汚れ、上半身には解けかけの荒縄が絡まっている。

舞台上にいるはずの役者の登場に、場内はざわめく。

走って客席を抜け、カレンのもとに駆けつけた神坂真琴――琴子は、戸惑う彼を背にかばった。

「僕は、楽屋で捕まって、今まで縛られていたんだ！」

「それでは、この怪人は誰が演じていますの？」

唐突に舞台とは思えない台詞が始まって、観客は固唾を呑む。

「貴様、いったい何者だ――」

勇敢にも偽の怪人に歩み寄った琴子は、顔を隠す仮面に手をかけ、一気にはぎ取る。

合成樹脂《セルロイド》製の白い仮面は、カランと音を立てて床に落ちて転がった。

あらわになった顔面を見て、琴子の表情が凍りつく。

「……僕？」

怪人は、まるで鏡に映したように琴子と同じ顔立ちをしていた。

当然ながら、その正体は双子の弟、真である。

二人は似ているけれど、そっくり同じではない。

性別という大きな違いが、二人の容姿に隔たりを生んでいた。

たとえば身長、肩幅の広さ、首や指の太さ、皮膚の質感――。

その差異は、同じ舞台に並ぶとことさら際立って見えてしまう。

違いが明白では計画に支障が出るので、杏は策を練った。

真と琴子の髪を同じ長さに揃え、琴子の靴に中敷きを仕込んで身長をぴったり同じにして、上衣の肩には固めの芯を入れて幅を広く見せた。

体に巻きつく荒縄は、市販されている物より太い特注品だ。

小物で視線を逸らして、誤魔化す算段である。

琴子の方が、相対する怪人より華奢に見える件については、これでほぼ解決出来た。

それでも消せない印象の差はというと、真の演技力があっけなく解決してくれた。

怪人に扮する彼の顔には、何の感情も浮かんでいない。

本来、人間の無表情はだらしなく醜いもの。

しかし、真が演じるそれは、鬱屈とした悲しみや怒りが、わずかに下がる口端や見下す瞳ににじんでいた。

台詞はない。派手な動きもない。

しかし、見る者に〝神坂真琴の姿を写しとった怪人〟と錯覚させる凄みがあった。

「お前、何で僕と同じ顔をしている……」

わななく琴子が後ずさって、カレンを抱きしめる。

客席は大混乱寸前だ。特に、小澤の慌てようといったらなかった。

腕を振り回しながら何事か叫んでいる。

——部屋に入った杏は、部屋の三方を占める窓から見守っていた。

ここは、舞台から一階客席をはさんで真正面にある二階桟敷のさらに上。

客席の天井付近に作られた電気室だ。照明専門の職人が、舞台進行に合わせて役者を照らしている場所である。

事前に具体的な話を通してあったので、舞台の装置は全て杏の自由に使えた。

杏は、劇場内の端から端まで目を光らせ、ごくりと唾を呑みこんで集中する。

カレンを守るため、わずかな兆候も逃してはならない。

息を潜めて、鼓動を落ち着けて集中すると、体が風船のようにふわりと大きくなって、舞台や客席に融けていく感覚がした。

琴子たちの演技や客の反応といったものを体の内側に感じながら夢見心地でいたら、ふいに体の端で安っぽい布がひるがえった。

はっとした杏は、袖をさばいて動きがあった方角を指さす。

「右舷の端に単体照明《スポットライト》を！」

指さした先は、二階下手側の個室桟敷。身なりのいい夫婦が逃げ出したそこで円く照らされたのは、ひょろりと細く背の高い体軀の男だった。

火男のお面を被っているので、かろうじて怪盗ファントムと分かるが、裏地も付いていない外套は薄く粗末で、立ち姿は悲惨なほど情けない。

「何かしら、あれ……」

「酔っ払いか？」

「気持ち悪ーい」

観客から送られる残酷な反応に、怪盗の腰が引ける。

「ち、ちくしょー。でも、ここまで来たら退けねぇ」

あまりにも薄っぺらい声を上げ、彼は手すりに片足をかけて、子どもが遊ぶような玩具の刀を抜いた。

「われは怪盗ふぁんとむなりぃ！　歌姫をいただきにまいった！」

杏が耳にしたのは、三文芝居よりおざなりな棒読みだった。

声が通らないので客席の半数にも届いていない。

ほとんどの観客が、何が起こっているのか分からずに首を傾げるなか、目ざとい記者たちだけは瞬間燈《フラッシュ》を焚いた。

もっとも彼らが欲しかった〝驚愕の怪盗登場〟は、真が演ずる本物の怪人の衝撃によって、阿呆な仮装男が騒いでいるだけの画《え》に成り下がってしまったが。

「お前らちゃんと撮れよ、やってやるからなぁ！　うわ、高《た》っけえ！」

「おい、君」

二階の高さに怯える怪盗の肩に、ぽんと手が置かれた。

怪盗は、気勢を削がれて、苛立たしげに振りむく。

「あ？　邪魔してんじゃゃね——」

「怪盗ファントムと言ったな！　こちらへ来てもらおう！」

声をかけたのは、額に青筋を浮き上がらせた軍人だった。

威圧感のある西洋剣と、鍛え上げられた屈強な体格に、怪盗は腰を抜かした。

「ひゃーっ。ご勘弁を！」

へなへなと背中を丸めて逃げようとする怪盗は、軍人に捕らえられて火男面を剝ぎ取られる。その正体は——山樂会のしゃくれ男だった。

「よしっ！」

電気室から見届けた杏は、握った拳をぱっと解いた。

大喜びしたいところだが、勝利宣言にはまだ早い。

「次よ。あとはお願いいたします！」

杏は、部屋を飛び出して、袴を摘まみ上げながら次の目的地へ向かった。


舞台上では、貧相な怪盗など目に入らなかったように、怪人と向き合う琴子がいる。

「貴様、何者だっ！」

真は、わざと肩を上げてすうっと息を吸い、声を発した。

『わたしは、この劇場に棲まう怪人』

体に染み渡る濃厚な重低音《バリトン》に、客席の婦女子は、みな甘い溜め息をもらした。

ただ声量が大きいだけでは、台詞は劇場の隅々まで届かない。

息を腹から出し、口から出る雑音を減らし、客席や衣装に吸収されやすい中低音に寄らないよう抑揚をつけて発声することで、観客の心の奥まで響くものとなる。

真の実力に、ひやかしで見に来た舞台関係者がどよめく。

もしも彼らが今回の騒動の前に真を知っていたら、帝華少年歌劇団は落ちぶれなかったかもしれない。

真は演技で心を奪うことで、会場に本物が現れたという暗示をかけてしまった。

「〝怪人〟は僕の役だ！　なぜお前が僕の代わりに舞台に上がっている‼」

相対する二代目トップスターは、怪演を見せられても威勢を失わない。

帝華少年歌劇団を背負う神坂真琴が、どうやって己の役を、そしてこの舞台を取り戻すかに、観客の期待がかかっているからだ。

怪人の方は、先ほど怪盗ファントムが連行された二階席に視線を向けた。

『わたしの存在を、盗みの引き合いに出した愚か者がいたからだ』

「愚か者は捕らえられたようだぞ。さあ、役を返してもらおうか」

琴子が胸に手を当てると、怪人は残念そうに首を振る。

『――まだだ。わたしの劇場を穢《けが》す物が、まだ、ここにある』

その時、怪人が指揮でも執ったように劇場全体が鳴動し出した。

「な、何だ」

琴子が飛びのいた先に、あらかじめ下がっていたセリが現れた。

その上には、怪盗ファントムの盗品である宝石類がこんもりと盛られていた。

「どこから来たのでしょう、この宝石たちは……？」

カレンが手に取った大粒の蒼玉が、強い照明に照らされて輝く。

ざわつく会場に知らせるように、琴子は大仰に驚いてみせる。

「これは、怪盗ファントムの盗品じゃないか！　なぜここにあるんだ？」

『わたしのねぐらである、この劇場の地下を、盗品の隠し場所にしていた者がいる』

外套の前を割って上げられた長い腕。

子羊革の手袋をはめた指は、舞台から客席を挟んで向かいにある、二階桟敷の中央をまっすぐに指した。

指さされた先にいたのは小澤だった。彼は、ビリケン頭を真っ赤に染めて立ち上がり、一献やっていたお猪口を床に投げつける。

「なぁにをっ！　証拠もないくせに決めつけるとは言語道断！　儂が天下の山樂会の社長と知っての狼藉か！」

時代劇の悪役のごとく力が入った喧嘩腰の口調に驚いて、舞台袖にいた杏は操作した取っ手から手を離してしまった。

小澤は、神坂真琴が双子だと知っている。ここでそれを明かされたら、真の演技力で会場にかけた怪人の暗示が解けてしまいかねない。

案の定、小澤は秘密を知っているとばかりに声を張り上げた。

「神楽坂子爵家にあるまじき姑息な手を使ったもんだな、小僧ども！　そもそも儂らが盗んだ証拠があるのかっ！　あるなら出してみろ、ええ!?」

『それを欲すというのなら……』

怪人――真に流し目を送られて我に返った杏は、慌てて壁際の取っ手に飛びついた。

うんうん唸りながら下げるが、いかんせん力が足りない。

「あと少しですのにっ」

顔を赤くして力を込めていると、天の助けが現れた。

「支配人、手を貸すよ！　みんな手伝って！」

虎徹が周囲に呼びかけると、同じように舞台を見守っていた団員たちが、方々から手を差し伸べて取っ手を押し下げてくれた。

「ありがとうございます。このまま下まで。壁にくっつくまでお願いしますわ！」

「まかせて。行くよ！　せーのっ!!」

虎徹の号令で取っ手を壁際まで押しこむと、今度は、激しい振動を伴ってセリが動き出した。セリは、宝石を載せたまま、階段状に下がりはじめる。

それに合わせて、怪人が勢いよく真上に腕を突きだした。

『見せてやろう。あの者たちの愚行を』

黒外套に包んだ体が突如宙に浮かび、一階客席上空へと飛び立った。

重力に囚われない怪人に、観客から「おおっ」と歓声が上がる。

舞台袖の杏は、叫びだしそうになる興奮をぐっと抑えた。

普通のセリは、舞台の真下に荷役がいて人力で上げ下げする。

しかし、この帝華劇場のセリは違う。

山欒会が、地下まで螺旋階段を下ろすために、天井に張った鉄線《ワイヤー》を電気室上の回転軸で巻き上げる自動昇降装置に改造したのだ。

真は、動く鉄線に腕から伸ばした針金を引っかけて移動したに過ぎないが、客席からははためく外套が目隠しとなって仕掛けは見えない。

怪人が神通力で飛んでいるように見えたはずだ。

天井から吊り下げられたシャンデリアにふわりと飛び乗った真は、あらかじめ積んでおいた木箱をひっくり返す。

中身が紙吹雪よろしく劇場中に舞い落ちる。

『これが証拠だ――』

散らばったのは薄い洋紙だった。空気を左に右に裂きながら、羽根のように軽く宙を舞い、観客の手に次々に摑まれていく。

「何だ、これは……」

それを見た人々は、揃いも揃って顔をしかめた。

ある者は、炭酸紙《カーボン》に書かれた建物の断面図を。

またある者は工事の契約書を。人件費を計算した覚書を見た。

それらは、全て帝華劇場に関わる書類だった。

当然、明らかになっては困る罪の証拠も仔細に記されている。

「この劇場の改築図だ……。地下に、賭博室ってのが見えるぞ！」

「『発注者・山樂会小澤』とある。『注意事項は、神楽坂子爵へは決して明かさぬよう』？」

思わぬ事態に、会場の記者たちは一斉に二階桟敷へと写真機を向けた。

「小澤氏、どういうことですか？」

「地下に盗品があったということは、怪盗も山樂会の仕業なのですか！」

「ぜひ一言！」

「うるさい！　儂は何も知らぬぞ！」

思わぬ形で企てを暴露された小澤は、逃げようと席を立った。

「おや、小澤翁。幕間でもないのに、どちらに行かれるのですか？」

声をかけたのは、唯一の出入り口である扉を塞ぐように立った空太郎だった。

意味ありげに微笑む彼の隣には、乃木丘少佐の姿もある。

「か、神楽坂！　貴様、はめおったな！」

「はははっ。どの口で言っておられるのかな？」

一瞬の内に、空太郎の顔から笑みが消えた。

「騙されたのは私の方だ。大切な劇場に、よくも傷をつけてくれたものだな」

「なあに子爵、凶悪な犯罪者は我らが懲らしめよう、フォッフォォッフォウ！」

乃木丘が笑うと、桟敷席になだれこんだ軍人が、小澤と山樂会一味を取り押さえる。

観客の視線を取り戻すため、琴子はシャンデリアに向かって声を張り上げる。

「これで満足か、怪人！」

腹から出た芯の強い台詞は、いまだ混乱の渦中にいる観客を舞台へと引き戻した。

『まだだ。劇場を浄化する歌が必要だ』

怪人はゆったりした動きで、螺旋階段の横に立ち尽くすカレンに体を向けた。

『歌姫――全ての雑念を払う、お前の清らかな歌が必要なのだ』

「私の？」

カレンは、大きな目を丸くした。

突然の要求に驚いたのだ。

こんな展開は台本に書かれていない。

彼には怪人に扮した真がシャンデリアから下りて逃げ去り、山樂会の悪事を暴く余興は終了だと伝えていた。

逃げる素振りを見せない真は、外套から伸びる右腕を曲げて、楽器の調音を促す指揮者のように指を上へ向けた。

『そうだ。歌え』

カレンは、不安げに舞台袖の杏を見た。杏は大きく首を縦に振って応える。

(歌ってください、カレンさん)

彼の歌声は雲雀にたとえられる。

晴れやかに伸びやかに、柔らかく高音を響かせるコロラトゥーラの華やかさは、まさに春告げ鳥のさえずりのよう。

絶対的な演技力を秘めた真と比べても、歌においてはカレンに軍配が上がる。

逆に言えば、彼は演技では、観客を圧倒している真の怪人には勝てない。

このままいけば、千穐楽の評判は謎の怪人の話題で持ちきり。退団するカレンの歌声も、本家である帝華少年歌劇団の演目も、誰の心にも残ることなく忘れられてしまうだろう。

それを阻止するためには、トップ娘役であるカレンが、歌で観衆の心を取り戻すしかない。

これだけは上手くいくか分からないと相談した杏に、真は言った。

――星宮ならやれる。俺が逃げた舞台に立ち続けた、強い男だから。

カレンは、戸惑いをきゅっと噛んで、舞台の前方中央へと歩み出した。

観客に近い舞台の最前で、祈るように手を組む。

螺旋階段が地下に落ち、背景を照らす照明も落ちて、照らされるのは彼だけになった。

白いドレスに付けた硝子玉が星のようにきらめく。白い肌と紅潮した頬、艶めいた瞳がかもし出す清らかさは、さながら天に選ばれた聖女のようだ。

会場が静けさで満たされると、小さな唇が開く。

響きだしたのは、『歌劇場の怪人』の最終幕で、歌姫が自害した怪人へ歌い上げるアリアだった。音程も律動も誤魔化しようのない、伴奏なしのア・カペラ。

雲雀と謳われた声は、ピアノより鮮明に、春風より軽やかに響きわたる。

瞬く間に、舞台は怪人の陰鬱な黒から、歌姫の白へと塗り替えられた。

カレンは手を解き、か細い腕を伸ばした。

腕が求める先には空太郎がいた。

彼は、カレンが自分に向かって歌っていると気づくなり、桟敷席を飛び出して走りだした。先ほど琴子が入ってきた扉を両手で押しあけて一階の客席を抜け、舞台に駆け上がる。

そして、一人だったカレンを抱きとめた。

彼の胸に顔をうずめるカレンは、唇を震わせ、その背に腕を回してかき抱く。

誰に批判されても、お互いさえあればいい、そんな悲哀を感じさせる抱擁だった。

感極まった客の割れんばかりの拍手が鳴り響く。

客席は大きな感動に包まれていた。


舞台袖に下がっていた琴子は、アーク燈に照らされた二人をうらやましそうに眺める。

「ほんと、妬けちゃうよね。これも杏ちゃんの仕業？」

「ええ。こうでもしないと、二人の間にやましい気持ちがないと伝わりませんもの」

客席に罵声を浴びせる者はいない。

観客は、性別も年齢も関係なく、全員が舞台上の恋に心を奪われていた。

カレンと空太郎の同性という立場を思って、涙を浮かべる者さえいた。

「彼らは無償の愛を証明しました。最後の仕上げをいたしましょう」

杏は、舞台袖から指先だけ出して振った。

それを待っていたのは、観客にまぎれて一階席に座っていた糸目の青年——辰彦だ。

彼は、たった今気づいたような顔で天井を指す。

「おい、怪人はどこだ？」

よく通る彼の言葉に、観客たちの視線が舞台からシャンデリアに向いた。

幾重にも分かれた燭枝の一つに外套がぶら下がっているだけで、怪人の姿はない。

観客がごまんといる劇場の中空から、忽然と消えてしまった。

「どうなってるのかしら？」

「ほんとうに幻だったんじゃないか！」

観客が興奮して立ち上がらない内に、杏は緞帳を下ろす。

分厚い織物は、カレンと空太郎、そして舞台そのものを隠してしまう。

「劇場が混乱しているけれど、ここからどうするの、杏ちゃん？」

「そこは、支配人であるわたくしにおまかせあれ」

袴の折り目を指で整えて気合いを入れた杏は、袖から出て緞帳の前を歩く。

役者には見えない少女の登場は自然に注目を集めた。白椿女学校の生徒は特に固唾を呑んで見守る。

杏は舞台の中央で立ち止まって観客席に向き直り、大きく息を吸いこんだ。

「この帝華劇場は、歌劇を愛する怪人が守っております。怪人は、劇場を怪盗ファントムの盗品の保管場所にした山樂会への怒りから出てきましたが、歌姫の素晴らしい歌声に満足して消えたようです」

焦らずに、正確にと心がけた杏の声は、音量は心許ないながら会場の端々まで届いた。すらすらと長台詞が言えたのは、この日のために散々部屋で一人練習したからだ。声を嗄らした日には真に無理をしすぎだとこっぴどく怒られたが、練習は裏切らない。

「当歌劇団のトップスター神坂真琴を怪人役にした、本来の『歌劇場の怪人』は、後日振替公演を行います。皆様のお越しを団員一同お待ちしております」

深々と頭を下げる杏に、記者の一人が声をかけた。

「女学生さん。あなたは、いったい何者ですか？」

「わたくしは」

視線を上げた杏は、少女らしく頰を染めて、にこやかに笑った。

「この帝華少年歌劇団の支配人でございます！」


観客が退場して、カレンと空太郎、琴子ら団員も楽屋に下がった。

誰もいない舞台で一人ぽつんと待つ杏のもとへ、深くハンチング帽を被った真がやってきた。

「素晴らしかったわ、怪人さん」

杏が駆け寄ると、真は埃と蜘蛛の巣だらけの体を見下ろした。

「出来ることをしたまでだ。ただし、最後の演出だけは骨が折れたぞ」

「仕方がなくてよ。怪人を消す方法は、あれしかなかったのだもの」

実は、セリ装置は最後にもう一度動いていた。

舞台から螺旋階段を消し去り、観客の視線をカレンだけに向けるために。

真は、目立つ外套を脱ぎ捨てて、動き出した鉄線に針金を引っかけ、電気室上の回転軸まで移動していたのだ。

その際、軸に巻きこまれないよう、頃合いを見計らって飛び降りる必要があった。

「回転軸の真下には、先ほどまで小澤一派がいた二階の桟敷席が半円状に張りだしています。幅は一丈弱だけれど、真様の身体能力なら、すれすれで飛びこむのも可能だと思いましたの」

真は、ホテルの三階から飛び降りても怪我一つしない運動神経の持ち主だ。

彼なしでは、この計画は実行出来なかった。

「簡単に言ってくれるな。だが、お前が作った裏台本をやった価値はあったようだ」

そう言う真の瞳は、童心に返ったように輝いていた。

「久しぶりの舞台は楽しかった」

胸のつかえが取れたような清々しい声だった。

真が穏やかだと、杏も嬉しくなる。

「真様。わたくし、あなたがいるから頑張れますの。あなたが絶対に味方でいてくれるから、心の支えになっていてくれるから、無茶も出来るのですわ」

視線を下ろした真は、黒真珠の瞳を期待に揺らす。

「それで？」

「だからわたくし、あなたとなら結婚しても、学業も仕事も続けていける気がして――」

「フォッフォッフォッフォウ！」

「うわっ」

大きな笑い声と共に、真がつんのめった。

彼の背をバンバンと叩いたのは、舞台袖から現れた乃木丘少佐だった。

「よくやったぞ、神楽坂くん。萩原支配人の采配も見事だった！」

「ありがとうございます。これも少佐のお力添えがあってこそですわ」

真が客席にまき散らした工事明細の出所は、乃木丘少佐だった。

敏腕で知られた少佐は、羽振りのいい山樂会に疑いを持って独自に調査しており、劇場を売り渡した神楽坂子爵のことを、共犯ではないかと疑っていたのだという。

そこで狙いをつけられたのが、新たに軍に入ったが配属先が決まらない真だった。

彼は、華族に与えられる階級を蹴り、平民と同じ扱いで働くことを希望していたため、引き受ける上官が見つからなかったのだ。

少佐は、事情を探るつもりで真を憲兵科に引き入れた。

そこで彼の誠実な働きぶりを目にして、さらに、空太郎があっさり敷地内に軍人を招き入れた事実から、神楽坂家が潔白だと確信した。

そして、気前良く杏がひらめいた裏台本に乗ってくれた。

特別なはからいで、帝華劇場が調査のために接収されるのは、次作の稽古期間中のみ。

見た目通りの太っ腹である。

「若人のお役に立てて良きかな良きかな！　人の噂も七十五日。終わり良ければ全て良し！　フォッフォッフォッフォウ！」

謎の格言を残して、乃木丘少佐は足取りも軽く去っていった。

その背を、真は敬礼も忘れて見送る。

「……あれがなければ、いい上官なんだが」

「変わっていてもよろしいではありませんか。自分の持ち場できちんと役目を果たしているのですもの。それが己の信じる道ならば、気にすることなんて何もありませんわ」

これは、杏が帝華少年歌劇団の支配人になって学んだことだ。

「少年が歌劇に打ちこんでいるのも、女学生が支配人を務めているのも、珍しいことでしょう。けれど、後ろめたく感じる必要はないのです。嘲笑されてもひたむきに頑張っていれば、いつか誰かが理解して応援してくれます。一人でも拍手を送ってくれる人がいるなら、胸を張っていいのですわ」

「そういうものか……」

ようやく腑に落ちたらしい真は、ふと舞台袖を見た。

そこには、カレンが髪に飾っていた真っ白い造花が落ちていた。

「杏、一つ頼みごとがある。俺はあの二人に幸せになってほしい。少年歌劇が世間に受け入れられたように、人々に二人の仲を認めてほしい。そのための策を考えてくれないか？」

「歌劇団の経営危機より難題ですわね。高くつくかもしれませんことよ」

「怪人役の危険労働を思えば安いくらいだ。……頼む」

「分かりました。考えましょう」

貧しい農村生まれのカレンが子爵と恋に落ちる筋書きは、二人の関係に箔をつける。しかし、同性だから真っ当には祝われない。民法上の結婚も出来ない。

身内だけで祝賀を催しても、世間に嗤われていては心が弱り、いつか破綻する。それは、陰口を叩かれて歌劇を続けられなかった真がいい見本だろう。

悩みつつ上を見上げると、たくさんの真っ白な照明があった。

この下に立ったカレンは、天上からの祝福を一身に受けているように見えた。

観衆の前だと特に輝くのは、役者の性《さが》かもしれない。

「純白……観客……はっ！」

突如として降ってきた構想に、杏は頬を薔薇色にして叫んだ。

「わたくし、ひらめきましたわ！」

「よくやった。聞かせてくれ」

意気ごむ真に、杏は笑顔で応える。

「嫌です」

「……は？」

「どんな舞台になるのか乞うご期待ですわ。そうと決まればさっそく準備しなくては！」

駆け足で舞台袖へとはける杏は確信していた。

カレンと空太郎が必ずや、大勢の人々から祝福される〝はいから夫婦〟になることを。

最終章　少女支配人に花束を

「お琴さん、変ではありませんか？」

レースをふんだんに使った純白のドレス姿のカレンを見て、琴子は頬を緩める。

「似合ってるよ。とっても綺麗だ。兄さんにくれてやるのが惜しいよ」

ここは、寮の衣装室だ。西洋骨董の鏡台の前に腰かけたカレンは、後ろで髪を梳いている元相棒の軽口に、寂しげに微笑んだ。

「こんなお戯れも、もう出来なくなりますね」

「戯れじゃないよ、カレン」

琴子は、編みこんだカレンの頭に、優しい手つきでヴェールをかけた。

「君は僕の大切な相棒だ。どこへ行っても何をしていても、君の幸せを願ってる。ここでみんなと過ごした日々を忘れないで」

そう言って、ヴェールの上から小さな接吻を落とす。

カレンは彼女の恋心に気づいただろうか。

それとも、気づかずにここを出ていくのだろうか。

どちらでも変わらない。

これは、そういう恋だったのだ。

廊下で聞き耳を立てていた杏は、切なく痛む胸を押さえながら、その場を離れた。

空は、雲一つない晴天。そよぐ風には、夏の気配が漂う。

そんななか、杏は足取りも軽く歩いていた。

手に流行色である新橋《しんばし》色の『帝華少年歌劇団・協賛』の旗を振りつつ。

「九月の台風時なのに晴天なんて。やっぱりカレンさんは天に愛されているわ！」

「――そこにいたか、杏っ」

呼び止めたのは、通りのなかほどで交通整理をしていた真だった。

「あら、真様。ごきげんよう」

「誰がご機嫌なものか」

彼は鬼気迫る表情で駆けてきて、のほほんとした杏の両肩をがしりと摑んだ。

「俺は、たしかに兄貴と星宮が祝福される方法を考えてほしいと言った。だが、これはやりすぎだ！」

真が手の平で示したのは、日常とは一変した通りだった。

通りの上には色つきの織紐を渡し、あちらこちらに立った娘役の団員が花籠から色とりどりの花びらを撒いている。

お祭り気分に誘われて人垣を作るのは、たくさんの市民だ。

等間隔で立つ軍人が紐を持って仕切っているので、通りの中央には花道が開けている。

杏は、今まさにそこを歩いていた。

後ろから、歩くより遅く進んでくるのは、白い幌型自動車《オープンカー》。

搭乗する主役は空太郎とカレン。

　これは、二人の結婚披露行進《パレード》なのである。

「問題はなくてよ。関係各所に許可はもらっておりますもの」

　杏がしれっと懐から通行許可証を出すと、真は忌々しげに口を歪める。

「そういう問題じゃない。真っ白い自動車なんて珍しい物を、どこから調達した」

「先日のお礼に、乃木丘少佐のおうちを訪ねたら、自慢の自動車を見せてくださったの。話が弾んだついでに海外の自動車企業を紹介してもらい、担当の方に結婚披露行進の話をしたら、帝都進出の足がかりをかねて、純白の一台を用意してくださいました」

　何事も行動してみるものだ。

　杏は、それですっかり調子づいて、行進中の警護や交通整理まで軍に頼みこんだ。

　真はというと、杏がどこまでやったのか気が気ではない。

「お前、少佐のご自宅に一人で押しかけたのか……」

「ええ。プリムローズのシュークリームを特別に作っていただいて手土産にしたら、奥様が気に入ってくださったの。たかが西洋菓子だなんて、あなどるなかれですわね」

「……お前の度胸はどうなってるんだ……」

　痛む頭を片手で押さえる真に、杏は自信満々で主張する。

「人の悪印象を覆すには見た目が重要なのです。自動車に純白のウェディングドレス、新郎は華族。花嫁は少年だけれど、とっても可憐でお人形さんのよう。みんなが憧れて、なおかつ見下す隙がないくらいの好印象でしょう？　これだけしっかりと場を整えて、堂々とお披露目したなら、誰しも祝福するより他ないのですわ」

様々な人の力を借りて作り上げた行進は、杏の自信作だ。

恋した相手が異性でも同性でも、人を想う気持ちに優劣はつけられない。どんな形の愛であれ、自立した二人が選んだ道ならば尊重されるべきなのだ。

空太郎もカレンも、自ら望むなら手を取り合って幸せになる権利がある。人の目を気にせず一緒に生きると決めたのは彼らだ。

それならばと杏は、二人が時代柄つきまとう偏見に潰されることのないよう、誰も文句をつけられない舞台を用意した。

これで、まだ「男同士なんて……」と悪口を言う人を見かけたら、全身全霊で蹴とばしてやるくらいの意気込みである。

真はというと、杏の勢いを止めるのは諦めた顔で、近づく車を気にした。

「この行進はどこに続いている？」

「港までですわ。これでお二人が完全無欠の恋人同士であることは伝わったはずですし、週刊誌や新聞の撮れ高も十分でしょう。あとは、船でゆっくり二人の時間を楽しんでいただきますの。神楽坂子爵家の財力をもってすれば、豪華な貨客船を手配するのも朝飯前でしたわ」

お金を出したのは空太郎だが、発案が杏なのは間違いないので威張っておく。

「お前のひらめきはほんとうに突拍子もないな」

「お褒めにあずかり光栄ですわ」

「それに、今回は失策ではないようだ」

真は集まった人々を見た。

老いも若きも、男性も女性も、楽しそうに自動車に手を振っている。

空太郎とカレンも、満面の笑みで手を振り返す。とても幸せそうだ。

お祝いの雰囲気は、通りにどんどん人を呼びこんで笑顔を広げていく。

杏が作り出した花びらと青空と純白の世界に、偏見はなかった。

「報われて良かったな、星宮」

真は、ぼそりと呟いた。

カレンは、初代トップスターである彼にとっても大切な相棒だったから、感慨深いのかもしれない。

「カレンさんがお嫁に行って、寂しかったりなさいまして？」

「寂しい訳あるか。神楽坂の家族が増えただけだろうが」

むっとした答えを聞く限り、強がりではないようだ。

杏が笑ったその時、ちょうど二人の横に車が並んだ。

「支配人、これをっ！」

車上のカレンが、手に持っていた白い薔薇の花束をこちらへ投げた。

　回転する花々は、持ち手のリボンで美しい螺旋を描きながら杏の手元に落ちる。

「なぜわたくしに花束を？」

「何だ、お前は知らないのか。西洋の結婚式では、花嫁から花束を受け取ると、次に結婚すると言われている。星宮がお前を狙って投げたということは、すぐあとを追えというご指名だ」

「そんな！　これから女学校への復学を果たして、勉強と仕事を両立させなくてはなりませんのに、すぐに結婚は困りますわ。返します、カレンさーんっ」

　慌てて花束を振るが、すでに車は遠くまで進んでしまっていた。

「どうしましょう……」

　杏は、花束を両手でかかえて青くなった。

　真なら、結婚しても家事と育児だけしていろとは言わないだろう。

　結婚は嫌ではない。

　問題は多忙さだ。

　歌劇団の支配人だけでも十分忙しかったのに、仕事と結婚生活と学業の三つを並行すると思うと目眩がする。

「わたくし、やっていけるかしら」

「家のことは俺も協力する。学業は死ぬ気でやれ。仕事に行き詰まったら、得意のひらめきでどうにかしてみせろ。お前の心がくじけないように、せいぜい夫として応援してやる」

真はわざと杏に顔を近づけて、黒い目を細めた。

「覚悟はいいな、我が花嫁」

「そこまで言うなら、受けて立ちましてよ！」

負けじと眉を上げた杏の唇に、真はそっと口づけを落とした。

――結婚披露行進の喝采は最高潮。

時は大正。日は良好。

新たなる女学生として飛び立った杏の挑戦は、これからも続く。

〈了〉

帝都はいから婚物語　参考文献

『明治・大正・昭和の新語・流行語辞典』米川明彦編著　三省堂
『女学校と女学生　教養・たしなみ・モダン文化』稲垣恭子著　中公新書　中央公論新社
『華族令嬢たちの大正・昭和』華族史料研究会編　吉川弘文館
『命みじかし恋せよ乙女　大正恋愛事件簿』中村圭子編　河出書房新社
『大正ロマン手帖　ノスタルジック&モダンの世界』石川桂子編　河出書房新社
『女學生手帖　大正・昭和 乙女らいふ』弥生美術館・内田静枝編　河出書房新社
『大正ガールズコレクション　女学生・令嬢・モダンガールの生態』石川桂子編著　河出書房新社
『花物語　上・下』吉屋信子　河出文庫　河出書房新社
『あゝ浅草オペラ　写真でたどる魅惑の「インチキ」歌劇』小針侑起著　えにし書房
『エノケン・ロッパの時代』矢野誠一著　岩波新書　岩波書店
『パンの明治百年史』パンの明治百年史刊行会　パンの明治百年史刊行会
『ビジュアル　大正クロニクル』世界文化社

この作品は、第十一回ポプラ社小説新人賞ピュアフル部門賞受賞作を加筆修正したものです。

帝都《ていと》はいから婚《こん》物語《ものがたり》

女学生《じょがくせい》は華族《かぞく》の御曹司《おんぞうし》に求愛《きゅうあい》されています

来栖《くるす》千依《ちい》

2023年4月5日初版発行
発行者……千葉 均
発行所……株式会社ポプラ社
〒102-8519 東京都千代田区麹町4-2-6
フォーマットデザイン 荻窪裕司(design clopper)
組版・校閲 株式会社鷗来堂
印刷・製本 中央精版印刷株式会社

落丁・乱丁本はお取り替えいたします。

電話（0120-666-553）または、ホームページ（www.poplar.co.jp）のお問い合わせ一覧よりご連絡ください。
※電話の受付時間は、月〜金曜日、10時〜17時です（祝日・休日は除く）。

ポプラ文庫ピュアフル

ホームページ www.poplar.co.jp

N.D.C.913/271p/15cm
ISBN978-4-591-17755-6
P8111351